천외천의 주인 7

2021년 1월 8일 초판 1쇄 인쇄
2021년 1월 13일 초판 1쇄 발행

지은이 한수오
발행인 이종주

총괄 김정수
경영지원 배진경 임혜솔 송지유

기획 팀 이기헌 왕소현 박경무 강민구
책임 편집 오영란

발행처 (주)로크미디어
출판등록 2003년 3월 24일
주소 서울시 마포구 성암로 330 DMC첨단산업센터 3층 318호, 319호
Tel (02)3273-5135 **편집** 070-7863-8596 **Fax** (02)3273-5134
홈페이지 rokmedia.com **E-mail** rokmedia@empas.com

© 한수오, 2020

값 8,000원

ISBN 979-11-354-9394-2 (7권)
ISBN 979-11-354-8621-0 04810 (세트)

한수오 신무협 장편소설

7

천외천의 주인

| 기인이사奇人異士 |

차례

흑포사신黑布死神 (1)   7

흑포사신黑布死神 (2)   47

흑포사신黑布死神 (3)   67

흑포사신黑布死神 (4)   95

흑포사신黑布死神 (5)   133

흑포사신黑布死神 (6)   171

흑포사신黑布死神 (7)   211

흑포사신黑布死神 (8)   249

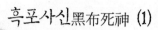

흑포사신黑布死神 (1)

설무백에게 고개 숙인 제연청은 힘없이 고꾸라졌다.

그대로 죽어 버릴 것 같은 모습이었다.

대력귀가 재빨리 상세를 살피고 어이없다는 눈치로 설무백을 쳐다봤다.

"자는데요?"

설무백은 대수롭지 않게 말했다.

"그럼 자게 그냥 내버려 둬."

대력귀가 인상을 쓰며 물었다.

"뭐예요, 얘?"

설무백은 싸움이 끝나가는, 아니 싸움이 끝나 버린 장내를 둘러보며 지나가는 말처럼 대답했다.

"강호 무림에는 잠력을 일시에 폭발시키는 종류의 사마공(邪魔功)이 적지 않지."

"그러니까 얘가 사도나 마도의 고수라는 건가요?"

"그건 아니지만, 비슷해."

"주군은 이런 애를 대체 어떻게 아는 거죠?"

"새삼스럽게 왜 그래?"

"아, 예…… 다 아는 수가 있으시겠죠."

대력귀가 어련하겠냐는 듯 말을 끊으며 그를 따라서 장내를 둘러보았다.

싸움은 이미 다 끝나 있었다.

안 그래도 사기를 잃고 수세에 몰려서 무력하게 동료의 죽음을 지켜볼 수밖에 없었던 형문파의 제자들은 거의 대부분이 매정광의 죽음과 동시에 대항할 의지마저 잃은 듯 칼을 내려놓았다.

하물며 그렇게나마 온전히 서 있는 형문파의 제자들은 겨우 수십 명밖에 되지 않았다.

얼추 이백 명에 달하던 형문파의 제자들 태반이 피범벅으로 변해 바닥에 널브러져 있었기 때문이다.

혈영과 사도가 온전히 서 있는 자들을 한쪽으로 몰아세운 가운데, 공야무륵이 그중의 하나를 잡아 설무백의 앞으로 끌고 왔다.

"확실히 있답니다, 애들이!"

선혈이 낭자한 모습으로 공야무륵에게 뒷덜미를 잡혀서 겁먹은 개처럼 질질 끌려온 사내는 앞서 매정광과 함께 나타났던 무리 중 한 명이었다.

설무백이 싸늘하게 말했다.

"앞장서라!"

사내는 감히 거역하지 못하고 앞장섰다.

설무백은 눈짓으로 혈영과 사도를 그 자리에 남겨 둔 채 공야무륵과 대력귀를 대동해서 사내의 뒤를 따라갔다.

형문파의 뇌옥은 산비탈을 끼고 자리한 장원의 측면 구석에 자리하고 있었다.

가파른 비탈길에 건물을 지어 내부에서 비탈길 방향으로 땅을 파고 들어가는 형태였는데, 출입구는 하나지만 내부는 두 갈래로 나눠져 있었다.

그중 우측이 제연청을 가두었던 뇌옥의 입구였다.

사내는 좌측의 통로를 통해서 들어가는 뇌옥으로 설무백 등을 안내했다.

꽤나 은밀하게 만들어진 뇌옥이었다.

뇌옥 안에 뇌옥이 있고, 다시 그 뇌옥 안을 통해서 들어가는 또 다른 뇌옥이 있는 은밀한 구조였다.

아이들은 가장 깊은 곳에 있는 뇌옥에 있었다.

대략 삼십여 명의 아이들이었다.

고작해야 예닐곱 살로 보이는 아이들이 어미를 잃은 강아

지들처럼 겁에 질린 모습으로 한데 모여 웅크리고 있었다.

"⋯⋯!"

설무백은 놀랐고, 한편으로 분노가 일었다.

이건 단순한 인신매매가 아니었다.

명문 정파인 형문파가 인신매매를 한다는 것도 말이 안 되는 일이었지만, 그에 앞서 아이들의 모습이 보통 일이 아님을 대변하고 있었다.

아이들은 하나같이 여자아이들이었고, 저마다 미간에 붉은 점이 찍혀 있었다.

동녀(童女)임을 나타내는 수궁사(守宮砂)였다.

수궁사는 명문가의 후손인 소녀에게 정조(貞操)를 험증(驗證)하는 특수한 약물로, 보통은 팔뚝에 찍는 것이 상례인데 그것을 미간 등 눈에 보이는 곳에 찍는 경우는 단 하나였다.

제물이었다.

여아들은 무언가 지독한 사마대법의 제물로 바쳐지기 위해 납치된 것이다.

'벌써 시작되었다!'

설무백은 분노의 끝에서 피가 싸늘하게 식는 것을 느꼈다.

이건 분명 전생의 그가 맞이한 환란의 시대에 벌어지는, 아니, 환란의 시대를 부르는 일이었다.

그는 분명히 기억하고 있었다.

어디서 어떻게 구했는지는 모르겠으나, 당시 각대문파들은 저마다 비밀리에 저주받아 마땅한 사마공을 연성했고 그것들이 서서히 외부로 드러나면서부터 본격적인 환란의 시대가 시작되었다.

그런데 그 지옥문이 벌써 열린 것이다.

진작 벌어진 것을 전생의 그가 늦게 알았던 것일까, 아니면 작금의 역사가 그가 기억하고 있는 전생의 역사와 달라진 것일까?

'두고 보면 알겠지!'

각대문파들이 저주받을 사마공을 연성하고 있다는 사실이 드러나기 시작하는 무렵, 그들도 나타났다.

혹자들이 암천(暗天)의 그림자들이라고 명명한 자들.

암중에서 환란의 시대를 주도하던 초극의 고수들이 그 시기에 하나둘씩 모습을 보였다.

'빌어먹을……!'

정신적인 외상, 마음의 상처는 무섭다.

설무백은 이미 그 누구와 겨뤄도 지지 않을 실력을 가졌음에도 생생한 그날의 기억을 떠올리자 두려운 마음이 들었다.

그는 애써 들끓는 격정을 누르며 겁먹은 듯 눈치를 보는 아이들을 다독였다.

"괜찮다. 우리는 너희들을 구하러 온 사람들이다."

겁에 질려 있던 아이들의 기색이 조금 풀렸다.

설무백은 슬쩍 대력귀를 보며 말했다.

"애들이 많이 지쳤네. 데리고 가서 뭐라도 좀 먹이는 게 좋겠다."

대력귀가 예리하게 그의 의도를 읽고는 말했다.

"우선 좀 씻겨야 할 것 같으니, 저잣거리에 있는 객잔 하나를 잡도록 하지요."

설무백은 묵묵히 고개를 끄덕였다.

"누구 어디 아픈 사람 있니? 없어? 자, 그럼 다 같이 밖으로 나가자. 이제 괴롭힐 사람 없으니까 안심하고."

대력귀가 아이들을 구슬려서 밖으로 데리고 나갔다.

설무백이 이처럼 대력귀에게 아이들을 맡긴 것은 그녀가 적임자라 생각했기 때문이다.

언젠가 설무백에게 그녀가 자신의 이야기를 털어놓은 적이 있었다.

그녀는 자신이 고아이며, 자신이 자란 보육원의 아이들을 줄곧 돌봐 왔다고 말했다.

그러면서 일전에 자객이 되어서 무백을 습격했던 것도 아이들에게 새로운 보금자리를 마련해 주기 위함이었다고 설명했다.

그 얘기를 증명하듯 아이들을 대하는 그녀의 태도는 아주 능숙했고, 그 모습을 보며 무백은 그녀를 믿고 아이들을 맡길 수 있었다.

아이들이 대력귀를 따라서 밖으로 모두 나가자, 설무백은 대번에 싸늘해져서는 방금 전 뇌옥으로 안내했던 사내에게 시선을 고정했다.

"누구 짓이냐? 자청검 매요신이냐?"

사내가 그의 살기에 완전히 압도되어 부들부들 떨며 말을 더듬었다.

"저, 저는 모릅니다. 그, 그저 매 장로와 일대 제자 몇몇이 어디선가 아이들을 데려오고, 저, 정기적으로 어디론가 보낸다는 것만…… 저, 정말입니다. 정말 제가 아는 건 그게 전부입니다!"

겁을 먹어도 너무 먹었다.

장로인 매정광이 나선 일인데, 문주인 매요신이 모른다는 것은 말이 되지 않았다.

사내는 그런 뻔한 사정조차 계산하지 못할 정도로 완전히 얼어붙어 있었다.

지금 설무백이 은연중에 뿜어내는 기세가 사내에겐 그만큼 위협적이었다.

하지만 설무백은 그에 아랑곳하지 않고 대충 알아서 그와 같은 정황을 추론하며 다시 물었다.

"어디로 보내?"

"예……?"

"애들을 어디로 보내느냐고."

"그, 그것도 저는 잘……! 저, 정말입니다! 아이들을 보내

는 날에는 매 장로가 제자들을 철저히 통제해서 저 같은 이
대 제자들은 근처에 얼씬도 못 합니다!"

"지금 영내에 남아 있는 일대 제자가 누구누구지?"

"그, 그게 죽은 파 사형…… 그, 그러니까, 파양과 추곡, 그
렇게 둘뿐이었습니다. 나머지는 다들 문주님을 따라 남맹의
총단으로 가서……!"

"언제부터 시작된 일이냐?"

"예?"

"이 일! 너희들이 어린애들을 잡아서 누군가에게 보내는 이
천인공노할 짓을 언제부터 시작했냐고!"

"그, 그게. 저, 저는 자, 잘 모르지만, 얼추 서너 개월 전부
터라고 알고 있습니다!"

설무백은 속으로 침음을 삼켰다.

벌써 서너 달 전부터 시작된 일이라는 사실이 그의 마음을
무겁게 했다.

그는 새삼 피가 싸늘하게 식는 것을 느끼며 사내를 쏘아보
았다.

"이건 참으로 천인공노할 짓이다. 아느냐?"

"그, 그건……!"

"아느냐!"

"아, 압니다! 하지만, 저는……!"

"괜한 변명은 때려치우고, 알면 그냥 책임을 져라!"

설무백은 차갑게 그의 말을 자르며 돌아섰다.

사내가 어리둥절해하는 그때, 공야무륵이 언제 뽑아 들었는지 모를 도끼를 휘둘렀다.

투둑-!

사내의 머리가 눈을 뜬 채로 떨어져서 바닥을 굴렀다.

설무백은 싸늘한 얼굴로 뒤도 안 돌아보고 뇌옥을 나서서 연무장으로 돌아갔다.

그리고 혈영과 사도가 무릎 꿇려 놓은 형문파의 제자들 앞에 서서 말했다.

"뇌옥에 갇힌 아이들의 존재를 알고 있던 자들은 앞으로 나와라!"

나오는 자는 아무도 없었다.

당연했다.

바보가 아니라면 삭막하기 짝이 없는 설무백의 태도가 무엇을 의미하는지 능히 알아차릴 터였다.

그러나 설무백은 그것을 모르고 막무가내로 나선 것이 아니었다.

그는 대번에 자신의 말을 듣고 안색이 변하거나 또는 눈빛이 바뀐 자들을 정확하게 찍어 냈다.

"너, 너. 그리고 너……!"

설무백의 손가락이 빠르게 열여덟 명의 사내들을 지적했다.

싸늘한 명령이 그 뒤를 따랐다.

"죽여!"

공야무륵이 번개처럼 나섰다.

"으악!"

"크악!"

설무백에게 지적당한 사내들이 순식간에 피를 뿌리며 시체로 변해 갔다.

뒤늦게 분분히 신형을 날려서 도주하는 자들도 있었으나, 죽음을 피해 갈 수는 없었다.

도주하는 자들은 혈영과 사도가 나서서 목을 베었다.

열여덟 명의 피와 주검이 장내를 완전한 공포의 도가니로 바꿔 놓았다.

설무백은 그 앞에 서서 호령했다.

"살았음을 감사하게 여기고 지금 당장 여기를 떠나라! 이제 더 이상 형문파는 없다!"

살아남은 형문파의 사내들이 공포에 질린 모습으로 하나둘씩 자리를 떠났다.

그리고 설무백은 그들이 다 사라지기도 전에 다시금 싸늘하게 명령했다.

"태워 버려라!"

공야무륵과 혈영, 사도가 지체 없이 사방으로 흩어졌고, 이내 형문파의 장원이 불타오르기 시작했다.

밤하늘 높이 치솟은 그 화광(火光)은 설무백 등이 약산현의 저잣거리에 도착했을 때까지도 형문산을 환하게 밝히고 있었다.

⚜

설무백은 우선 제연청을 데리고 하오문의 제자인 왕보를 찾아갔다.

왕보는 그의 명령을 충실히 이행해 이미 제연청의 노모를 모셔 놓고 있었다.

"노모를 감시하던 형문파의 제자들이 형문산에서 치솟는 불길을 보고 다들 부리나케 사라지는 바람에 일이 매우 쉬웠습니다."

분명 전후 사정을 이미 어느 정도 알고 있음에도 왕보는 일체 다른 말을 하지 않았다.

일처리가 싹싹할 뿐만 아니라 입도 무거운 사람이었다.

진흙에서 보석을 찾은 기분이 들었다.

언제고 중용해도 좋을 것 같았다.

설무백은 애써 그런 내색을 삼가며 노모와 재회의 기쁨을 나누고 있는 제연청에게 넌지시 말했다.

"난주의 풍잔으로 가라. 내가 보냈다고 하면 지낼 만한 거처를 마련해 줄 거다."

제연청은 잠시 그를 바라보았을 뿐, 아무것도 묻지 않았다.

그리고 조용히 일어나서 더없이 정중하게 고개를 숙이며 포권의 예를 취했다.

"감사합니다."

설무백은 가벼운 고갯짓으로 답례를 대신하며 묵묵히 밖으로 나섰다.

왕보가 빠르게 그를 따라 나와서 말했다.

"저잣거리의 초입에 있는 아진객잔(鵝津客棧)입니다."

대력귀가 아이들을 대동하고 투숙한 객잔의 이름이었다.

설무백은 안 그래도 좁은 동네니 왕보라면 그녀의 거처를 알 것이라 생각하고 따로 불러서 물어볼 생각이었는데, 그가 먼저 눈치 빠르게 알려 주었다.

설무백은 새삼 왕보라는 이름을 뇌리에 새기며 아진객잔을 찾아갔다.

대력귀는 어디서 났는지 모를 돈으로 객잔의 후원을 통째로 빌려서 이미 아이들을 말끔히 씻기고 밥을 먹이고 있는 중이었다.

설무백은 조용히 그녀를 따로 불렀다.

그런데 그녀도 왕보 못지않게 눈치가 빨랐다.

그녀는 그가 말하기도 전에 먼저 말했다.

"알았어요. 아이들은 제가 책임지고 풍잔으로 데려가도록 하지요."

설무백은 꿀 먹은 벙어리처럼 잠시 눈만 끔뻑거리다가 이내 돌아서며 말했다.

"쓸데없이 가슴 졸이지 말고 이참에 네가 보살피는 아이들도 풍잔에 데려다 놔."

대력귀가 빙긋이 웃었으나, 이미 돌아선 설무백은 그 모습을 볼 수 없었다.

설무백은 그렇게 대력귀와 헤어지고 남하, 호북성을 벗어나 호남성의 서북부를 가로질러서 귀주성(貴州省) 땅을 밟았다.

그리고 거기서 예정에도 없던, 예상치 못한 사람들과 조우하게 되었다.

호북성을 벗어난 지 보름만의 일이었다.

설무백이 정해 둔 다음 목적지는 귀주성의 서북부에 자리한 중소 도시인 인회부(仁懷府)였다.

계절은 이미 겨울이었으나, 여름에 덥지 않고 겨울에 춥지 않은 것이 귀주성의 기후인지라 설무백은 굳이 객잔 등을 고려하지 않고 노숙을 하며 이동해 예상보다 빠르게 인회부를 목전에 둘 수 있었다.

다만 너무 야심한 시간이었다.

자시(子時 : 오후 11시~오전 1시)를 넘겨서 인회부로 입성하긴 곤란했다.

성문은 닫혔을 테고, 혹여 쪽문이 있다고 해도 이래저래 귀찮음이 적지 않을 터였다.

다행인 것은 예상보다 빠른 행보인 까닭에 굳이 성벽을 뛰어넘어야 할 정도로 서두를 이유가 없었다.

그래서 일행은 노숙을 결정하고 적당한 자리를 찾았다.

그때 불빛이 보였다.

귀주성은 어디를 가나 울창한 수림이 펼쳐져 있었고, 마구 자란 수림이 관도를 뒤덮은 지역도 적지 않았다.

그들이 지나던 장소는 관도가 아니라 관도를 끼고 이어진 산길이라 더욱 숲이 우거져 있었는데, 좌측으로 산비탈처럼 경사를 이루는 숲속에서 불빛이 새어 나오고 있었다.

공야무륵이 말했다.

"산적일까요?"

"이런 외딴 지역에?"

"이런 외딴 지역이니까요."

"아, 그런가?"

설무백은 인정했다.

외딴 지역이라도 엄연히 도회지로 들어가는 길목이다.

또한 인회부가 비록 현(縣)급에 준하는 작은 도회지라 해도 사천성의 성경계를 마주하고 있고, 운남성(雲南省)과도 접경 지역이라 사통팔달까지는 아니더라도 상업과 물류가 매우 활발한 곳이었다.

무심코 간과했었는데, 공야무륵이 이를 짚은 것이다.

"저쪽으로 가자."

설무백은 불빛이 새어 나오는 곳과 반대 방향인 숲속으로 발걸음을 옮겼다.

산적 따위가 두렵지는 않았으나, 그로 인한 귀찮음은 적잖게 두려웠다.

그런데 그게 패착이 되었다.

설무백은 불빛과 반대되는 숲속으로 들어선 지 얼마 지나지 않아 그것을 깨달았다.

전방, 우거진 숲에서 인기척이 느껴졌다.

설무백이 절로 미간을 찌푸렸다.

그때 걸걸한 목소리가 들려왔다.

"하나 걸려들었군."

이윽고, 사람의 모습이 나타났다.

무성한 수염 사이로 하얀 이를 드러낸 거구의 노인 하나가 거대한 대도(大刀) 하나를 어깨에 걸치고 있었다.

노인의 뒤에는 졸개인지 동료인지 알 수 없는 세 명의 노인이 따르고 있었는데, 어둠 속에서도 선명하게 대조를 이루는 홀쭉이와 뚱뚱보, 그리고 오 척이 될까 말까 한 작은 체구의 노인 하나였다.

설무백은 내심 적잖게 놀랐다.

상대는 상당한 고수들이었다.

이렇듯 그가 멀리 떨어져 있지 않은 상대의 기척을 사전에 감지하지 못했다는 것이 상대의 무위를 말해 주고 있었다.

"불빛을 피해 가는 사람을 턴다는 건가?"

거구의 노인이 비릿한 미소를 흘리며 말했다.

"너희들 같은 놈들만 털기 위해서지."

설무백은 의아해서 물었다.

"우리 같은 놈들이 어떤 놈들이라는 거죠?"

무백의 물음에 거구의 노인이 히죽 웃고는 손바닥에 침을 뱉으며 위협하듯 대감도의 손잡이를 두 손으로 움켜잡았다.

"밀무역을 하는 쥐새끼들이지. 선량한 장사치 애들은 관도가 아닌 이런 산길로 들어서지도 않고, 실수로 들어섰다고 해도 고작 불빛에 겁먹고 길을 바꾸지는 않거든."

설무백은 제법 타당한 영업이라는 생각이 들어서 속으로 웃으며 말했다.

"그런데 이걸 어쩌죠? 우린 그런 애들이 아닌데?"

거구의 노인이 슬며시 미간을 찌푸렸다.

다른 것보다도 설무백의 태연함이 눈에 거슬렸는지 매우 실망한 기색이었다.

그것도 잠시, 그가 이내 히죽 웃으며 말했다.

"도둑이 나 도둑이요, 하는 거 봤냐? 잔소리 말고 어서 가진 거 다 털어서 거기 내려놔라. 내가 비록 지금은 잠시 궁해서 이 짓을 하고 있다만 본디 그리 박정한 놈은 아니니, 그리하면 성한 몸으로 돌아가게 해 주마."

공야무륵이 나섰다.

"죽일까요?"

설무백은 선뜻 판단이 서질 않았다.

하지만 거구의 노인은 그에게 생각할 기회를 주지 않고 살기를 뿌리며 득달같이 달려들었다.

"성한 몸으로 돌아가기 싫다는 거지?"

엄청난 기세였다.

단순히 대감도를 높이 쳐들어서 내려치는, 무공을 익힌 자라면 누구라도 모르지 않을 태산압정(泰山压顶)의 일수에 불과했으나, 말 그대로 태산을 짓누르는 압력이 느껴졌다.

공야무륵도 그러한 느낌을 받은 것 같았다.

그는 평소와 달리 대번에 두 자루 도끼를, 바로 양인부와 낭아부를 뽑아서 교차하는 것으로 대감도를 막았다.

쩡-!

요란한 쇳소리가 밤하늘을 쩌렁하게 울렸다.

격돌의 여파로 일어난 불꽃이 장내를 환하게 밝히는 그 순간에 거구의 노인과 공야무륵이 동시에 뒤로 물러났다.

서로의 힘에 튕겨진 것이었다.

"음!"

공야무륵의 안색이 굳어졌다.

그가 대여섯 걸음이나 미끄러진 데 반해 거구의 노인은 고작 한두 걸음 물러났을 뿐이었다.

완벽한 그의 열세였다.

하지만 그럼에도 불구하고 거구의 노인은 매우 놀란 표정이었다.

그는 '뭐 이런 놈이 다 있나' 하는 눈초리로 공야무륵을 쳐다보고 있었다.

공야무륵이 그에 아랑곳하지 않고 어디 한번 다시 해보자는 듯 누런 이를 드러내고 히죽 웃으며 두 손의 쌍 도끼를 곧추세웠다.

그때 거구의 노인 뒤에 있던 홀쭉이 노인이 말했다.

"확실히 밀매꾼들은 아니네. 그런 놈들 중에 이런 놈들이 있다는 얘기는 듣지 못했어."

곁에 있던 뚱뚱이 노인이 말을 받았다.

"대신에 밀매꾼들보다 더 수상한 걸? 혹시 이놈들 남맹이나 북련의 하수인 아냐?"

오 척 단구의 노인이 그들 사이로 끼어들었다.

"이 멍청한 것들아, 남맹이나 북련이 이 시기에 이런 시골에 왜 관심을 두겠냐?"

거구의 노인이 새삼 손바닥에 침을 뱉어서 대감도를 곧추세우며 나섰다.

"다들 지랄들 말고 물러나 있어! 저놈은 내꺼다!"

홀쭉이 노인이 말했다.

"한 놈이 아니잖아."

뚱뚱이 노인이 말을 받았다.

"그렇다고 두 놈도 아니지."

오 척 단구의 노인이 히죽 웃으며 다시 나섰다.

"이 골빈 도인(道人)아, 그러니까 본 동자(童子)가 나선 게 아니냐."

설무백은 새삼 놀라움을 금치 못했다.

첫눈에 예사롭지 않은 노인들이라고 생각하기는 했으나, 설마 암중의 혈영과 사도의 존재까지 파악할 줄은 몰랐던 것이다.

'누구지?'

그리고 곧 더욱 놀라운 일이 벌어졌다.

"이 자식들아! 어르신이 잠 좀 자는 게 그렇게도 배가 아프더냐! 왜들 이리 소란스럽게 지랄들이야!"

뒤쪽이었다.

느닷없는 호통이 터지면서 그리 멀지 않은 아름드리나무의 그늘 한쪽이 떨어져 나왔다.

당연하게도 그 그늘은 사람이었다.

그런데 그늘을 벗어나 달빛 아래에 모습을 드러냈음에도 그는 검정 일색이었다.

두 눈만 하얗게 빛나고 있었다.

흑의를 걸치고 있었으나, 얼굴이고 뭐고 밖으로 드러난 모든 피부가 검었다.

'묵인(墨人)!'

묵인이라고 불리는 사람이 있다.

중원에서는 거의 볼 수 없지만, 저 멀리 서쪽 끝인 신강 땅에서는 종종 볼 수 있는 새까만 피부의 사람이다.

다만 설무백의 놀람은 상대가 묵인이기 때문이 아니었다.

이처럼 가까운 거리에서 그의 이목을 피한 상대의 은신술도 놀라웠지만, 그 상대가 바로 묵인이라는 것으로 인해 절로 깨닫게 된 그들의 정체가 그를 놀라게 했다.

'반천오객(反天五客)!'

강호를 질타할 수 있는 뛰어난 무공을 지녔으나, 어디에도 속하지 않고 어떤 예절이나 속박에도 구애받지 않으며 제멋대로 행동하는 풍진 괴인들이었다.

비록 만나 본 적은 없었지만, 개개인의 무공이 구대 문파의 명숙들을 능히 압도할 것이라고 알려진 그들.

반천오객의 하나가 묵면화상(墨面和尙)이라 불리는 묵인이라는 사실을 그는 똑똑히 기억하고 있었다.

'게다가 도인이라고 불렀고, 동자라고 했다!'

묵면화상을 비롯해서 일견도인(一見道人), 반면서생(半面書生), 무진행자(無盡杏子), 소광동자(小狂童子)라 불리는 인물들이 바로 반천오객인 것이다.

'한데, 세상을 등지고 보산(保山)에 처박혀 살다가 죽었다고 알려진 이자들이 어찌하여 이런 곳에……?'

보산은 운남성(雲南省)의 서부 끝자락에 위치한 절산으로,

산세가 험악하고 계곡이 깊기로 유명한 산이었다.

봉우리는 저마다 하늘을 찌를 듯이 높아서 사시사철 밤낮없이 짙은 구름이 넘실거리고, 그로 인해 능선의 모습이 저 세상으로 가는 물길 같으며, 늘 안개에 잠긴 골짜기는 지옥의 입구처럼 보인다고 해서 유명산(幽冥山)이라 불리는 악명 높은 산이기도 했다.

반천오객은 오래전에 그곳, 유명산으로 들어가서 살다가 죽었다고 알려져 있었다.

'시기적으로 아직은 아닌 건가?'

전생의 기억이었다.

지금으로 따지면 대략 십여 년 후에 들은 이야기니 나중 일일 수도 있었다.

아니, 아닌 것이다.

상대가 반천오객임을 알아차린 설무백은 찰나의 시간.

이런저런 상념에 빠졌다가 한순간 정신을 차리며 공야무륵을 막았다.

공야무륵이 그들을 향해, 정확히는 거구의 노인인 무진행자를 향해 돌진하기 직전이었다.

반사적으로 살기를 드높이던 거구의 노인, 무진행자가 이채로운 눈초리로 그를 바라보았다.

"오, 이거 정말 수상쩍은 녀석이 하나 있었네?"

오 척 단구의 노인, 소광동자가 끌끌 혀를 차며 눈총을 주었다.

"그러니까 내가 나선 거라고 했잖아, 이 멍청아!"

"뭐? 멍청이? 요즘 오냐오냐해 주었더니, 네가 아주 기가 살았구나?"

"이놈 이거, 거침없는 말본새 좀 보소? 야, 인마. 착각도 유분수지, 오냐오냐는 내가 너한테 해 준 거지 네가 나한테 해 준 거냐?"

"오, 그래? 한 번 해보자 이거지?"

졸지에 무진행자와 소광동자가 서로 눈을 부라리며 들소처럼 이마를 마주 붙이고 힘겨루기에 들어갔다.

팔 척의 거구와 오 척의 단구가 이마를 맞대니 한 사람은 인사하듯 허리를 접은 채 고개를 숙였고, 다른 한 사람은 하늘을 올려다보는 것처럼 고개가 뒤로 젖혀졌다.

그 꼴이 참으로 우스꽝스럽기 짝이 없었으나, 그들은 너무나도 진지했다.

홀쭉이 노인, 반면서생이 좋아라 하며 박수를 쳤다.

"좋았어. 행자에게 두 냥 건다!"

뚱뚱이 노인, 일견도인이 품을 뒤적이더니 은자 한 냥을 꺼내들었다.

"젠장, 한 냥밖에 없네. 난 동자에게 한 냥!"

묵인인 묵면화상이 한숨을 내쉬며 그들 사이에 끼어들었다.

"낼모레가 백수(白壽 : 99살)인 것들이 참 잘들 논다. 그 나이 처먹고 그러고 싶냐? 애들 웃고 있는 거 안 보이냐?"

무진행자와 소광동자가 이마를 붙인 채 동시에 고개를 돌리며 발끈했다.

"어떤 시러베자식이 웃어!"

설무백이 웃고 있었다.

기실 그는 무진행자와 소광동자가 느닷없이 다투고 있는 와중에도 전혀 신경 쓰지 않았다.

그저 말년의 반천오객이 과연 보산을 벗어난 적이 있었는지를 떠올리기 위해서 전생의 기억을 뒤지기에 바빴기 때문이다.

그런데 아무리 전생의 기억을 뒤지고 또 뒤져 봐도 그런 얘기는 들은 적이 없었다.

그래서 결국 포기하고 상념을 지우고 있는데, 그의 눈에 무진행자와 소광동자가 머리를 맞대고 으르렁거리는 모습이 보였다.

그 모습이 하도 우스꽝스러워서 애써 웃음을 참고 있던 차에, 묵면화상의 말을 듣고 고개를 돌리면서도 서로 지기 싫어서 이마를 붙이고 있는 걸 보고 그는 결국 실소할 수밖에 없었다.

묵면화상이 말했다.

"봐, 웃잖아."

설무백은 이젠 정말 싸움을 피해 갈 길이 없겠구나 싶어서
입맛이 썼다.

그들이 두려워서가 아니었다.

그는 광인처럼 천방지축이라고 세상에 알려진 반천오객이
실상 심기나 의지가 무섭도록 깊다는 사실을 익히 잘 알고 있
었다.

물론 전생에서 접한 소문에 불과하니 나름 확인이 필요하
겠지만, 만약 정말 반천오객이 그런 인물들이라면 무백은 그
들과 함께하고 싶은 마음이 있었다.

그런데 이건 아무래도 틀린 듯싶었다.

반천오객이 제아무리 어디로 튈지 모르는 풍진 괴인들이라
고 해도 자신을 비웃는 사람에게 마음을 열지는 않을 테니까.

그러나 반천오객은 정말이지 그의 상상을 훨씬 뛰어넘는
인물들이었다.

"정말 웃네?"

버럭 하고 바라보던 거구의 무진행자가 멋쩍은 표정으로
입맛을 다시며 물러났다.

"그러게?"

작은 체구의 소광동자도 계면쩍은 얼굴로 물러나서 딴청을
불렸다.

설무백은 너무 어이가 없어서 새삼 헛웃음을 터트릴 뻔했
으나, 애써 참으며 말했다.

"이렇게 하죠. 우리는 밀매꾼이 아닐 뿐더러 남맹이나 북련의 하수인도 아니고, 멀리서 서둘러 오느라 아직 끼니도 제대로 때우지 못했으니, 혹여 더 따져 볼 것이 있으면 우선 밥이나 좀 먹고 나서 다시 따지는 것으로?"

뚱보인 일견도인이 말했다.

"나쁘지 않네."

묵인인 묵면화상이 눈총을 주었다.

"나쁘지 않긴, 좋지. 우리도 내내 굶었잖아."

홀쭉이인 반면서생이 악을 썼다.

"우리가 굶긴 언제 굶었다고 그래? 개구리며 도마뱀이며 이것저것 잡아먹었잖아!"

무진행자와 소광동자가 은근슬쩍 시선을 교환하더니, 보란 듯이 반면서생의 얼굴을 뒤로 밀쳐 버리고 헤벌쭉 웃으며 동시에 말했다.

"그러자!"

말도 많고 탈도 많은 반천오객과의 동행이 그렇게 시작되었다.

⚜

자리가 설무백 등이 외면하고 지나쳤던 모닥불이 피워진 곳으로 옮겨졌다.

모닥불을 그대로 두면 산불이 날 수도 있었고, 산불이 나면 애먼 사람들이 죽거나 인생을 망칠 수도 있다는 거창한 걱정을 앞세운 반천오객의 주장이었다.

설무백은 대수롭지 않게 그들의 말을 인정하며 따랐다.

그는 천하삼기를 만난 이후부터 큰 문제는 작게, 작은 문제는 크게 비약하는 것이 풍진 괴인들의 습성이라고 생각하는 까닭에 어지간한 과장이나 허풍에도 별다른 거부감이 들지 않았다.

그렇게 옮긴 자리에서 요리가 만들어졌다.

요리를 만든 것은 혈영과 사도였다.

그들이 일행 중 막내라서가 아니라 무언가 요리라고 할 만한 음식을 만들 줄 아는 사람이 그들밖에 없었다.

설무백과 공야무륵은 그런 쪽으로 매우 서툴렀고, 반천오객은 살아생전 단 한 번도 요리라는 것을 만들어 본 적이 없다고 자랑했기 때문이었다.

요리를 만들 재료는 충분했다.

설무백 일행에게는 사전에 준비해 둔 건량이 있었다.

문제는 음식을 만들 솥과 그릇이었는데, 그 문제도 어렵지 않게 해결되었다.

솥은 반천오객의 하나인 일견도인이 가지고 있었다.

뚱뚱한 모습이긴 했으나, 유독 그의 등이 불룩해 보였던 것은 그가 무쇠 솥 하나를 지고 있어서였다.

요리도 못하는 사람이 솥은 왜 들고 다니는지 의아해할 수도 있으나, 그건 일견도인에 대해서 전혀 모르는 사람이나 가질 수 있는 의문이었다.

다른 사람에게 솥은 밥을 짓거나 요리를 만드는 도구일지 몰라도 그에겐 사람을 죽이는 흉기였다.

그가 지고 다니는 솥은 그의 독문병기였다.

솥의 이름은 그래서 거무튀튀한 외관에 걸맞지 않게 거창한 여의정(如意鼎)이었다.

일견도인은 자신의 독문병기인 여의정을 일말의 거리낌도 없이 내주었다.

그릇과 수저는 홀쭉이 반면서생이 가지고 왔다.

정확히는 그 자리에서 만들어 주었다.

일견도인이 솥을 내주자, 슬쩍 눈치를 보던 그가 근처의 아름드리나무 하나를 맨손으로 베어 내서 잠시 뚝딱거리더니, 이내 그럴싸한 모양의 나무 그릇들과 나무 수저를 만들어 낸 것이다.

이에 혈영과 사도는 빠르게 요리를 만들기 시작했다.

혈영이 솥을 들고 근처의 냇물에서 물을 떠오는 사이, 사도는 모닥불을 크게 피웠고 큼직한 돌 세 개를 놓아서 거치대를 만들었다.

거기 솥이 놓이고 물이 끓기 시작하자, 건량 주머니에서 꺼낸 각종 곡식과 작대기처럼 바짝 마른 고기가 넣어졌다.

그리고 넓은 잎이 주렁주렁 매달린 나뭇가지가 솥뚜껑을 대신했다.

요리는 그것으로 끝이었다.

그때부터 설무백 등과 반천오객은 솥이 얹힌 모닥불을 중앙에 두고 오도카니 둘러앉아서 요리가 다 되기를 기다렸다.

설무백은 잠시 생각을 정리하느라 아직 말이 없었고, 반천오객은 너나 할 것 없이 다들 군침이 도는 듯 혹은 무언가 목구멍까지 올라온 말을 참는 듯 목젖이 깔딱이도록 연신 침만 삼키고 있었다.

그런 어색한 침묵을 깬 것은 묵면화상이었다.

"이름이 뭔가?"

"설무백입니다."

설무백이 묵면화상의 질문에 얼떨결에 대답하며 상념에서 벗어났다.

그리고 그때부터 무언가 질문을 하거나 생각한 바를 꺼낼 기회가 없어졌다.

나머지 반천오객이 이때다 싶었는지 벌떼처럼 달려들며 질문을 쏟아 냈기 때문이다.

"나이는?"

"올해가 지나면 약관이 됩니다."

"하면 열아홉?"

"예."

잠깐 뜨악한 분위기의 침묵이 이어지다 다시 질문이 쏟아졌다.

"어디에 사나?"

"지금은 난주에 삽니다."

지금이라는 단서를 달지 말 것을 그랬다.

질문이 그가 가장 꺼리는 쪽으로 튀었다.

"예전엔 어디에 살았나?"

"이전에는 청해에 살았고, 그 이전엔 남경 응천부에서 살았던 적도 있습니다."

"사연이 많은 집안이었나 보군."

설무백은 사전에 차단했다.

집안에 대한 얘기는 그가 가장 조심하는 부분이었다.

"집안 얘기는 하고 싶지 않군요."

반천오객이 불쾌해하는 기색 하나 없이 대수롭지 않게 화제를 돌렸다.

"종복…… 그러니까, 가신들인가? 아니면 그냥 수하들?"

공야무륵 등을 두고 하는 질문이었다.

"조금 거창하긴 하지만, 가신이라고 해 두죠."

"……가신들의 무공이 제법이더군. 자네도 제법 무공을 익힌 것 같던데?"

"예, 인연이 닿아 조금 익혔습니다."

"조금이 아닌 것으로 보이네만?"

"운 좋게 두루두루 인연이 닿았습니다."

"어떤 인연이 두루두루 닿아서 무슨 무공을 두루두루 익혔는지는 몰라도 대단하군. 내로라하는 명문의 제자라 할지라도 자네 나이에 그 정도 경지를 이루기는 정말 요원한 일일세."

"저는 무공을 선보인 적이 없습니다만?"

"그걸 굳이 봐야 아나? 우리 정도 되면 대충 봐도 첫눈에 그냥 아는 법이네."

"그렇군요."

"대단하네."

"감사합니다."

"작금의 무림에서 자네 나이에 반박귀진의 경지를 넘어선 무인은 넉넉하게 잡아도 열을 넘지 않을 게야."

"과찬이십니다."

"과찬이 아니라 정말일세. 설령 구대 문파의 일대 제자일지라도 자네에게는 한 수 양보할 게야. 장담하네."

어째 노골적인 칭찬이 자꾸 반복되면서 점점 더 커지고 있었다.

설무백은 아무런 이유 없이 이러지는 않을 거라는 생각이 들어서 기분이 묘해졌다.

'비무를 원하는 건가?'

아니었다.

애기가 이내 다른 쪽으로 흘렀다.

"……그래서 하는 말이네만…… 자네 혹시 무공의 경지를 조금 더 끌어 올려 보고 싶은 생각 없나?"

말을 꺼낸 것은 묵면화상이었으나, 반천오객의 나머지 네 사람도 전에 없이 초롱초롱해진 눈빛으로 그를 주목하고 있었다.

바로 이것이 그들의 본심이었다.

설무백은 내심 고소를 금치 못했다.

자신을 바라보는 반천오객의 눈빛은 그간 그가 몇 번 접해 본 적 있는 눈빛이었다.

과거 외조부인 양세기도 그랬고, 천하삼기와 예충도 그를 이런 눈빛으로 바라본 적이 있었다.

아니나 다를까, 그가 어떻게 대응하는 것이 좋을까 망설이는 사이, 못내 쑥스럽고 계면쩍은 듯 두어 차례 헛기침을 한 묵면화상이 넌지시 말을 덧붙였다.

"조금 뜬금없이 들릴 수도 있지만, 자네가 원한다면 우리가 도와줌세. 마침 우리가 자네 같은 인재를 찾고 있던 중이었다네. 허허허……!"

어색한 미소를 흘리는 묵면화상의 모습과 기대에 찬 눈망울로 뚫어지게 바라보는 나머지 반천오객의 태도에서 진심이 느껴졌다.

설무백은 그들에게 괜한 기대를 품게 하고 싶지 않아서 자못 정색하며 거절했다.

"죄송합니다. 호의는 감사합니다만, 저는 이제 더 이상 다른 무공을 배우고 싶은 생각이 전혀 없습니다. 지금으로도 충분히 만족하고 있습니다."

"자네가 우리를 몰라서 그러는 모양인데……!"

"압니다. 반천오객 노선배님들이 아니십니까."

묵면화상이 새삼 뜨악한 표정으로 굳어졌다.

나머지 반천오객도 한 방 맞은 듯한 표정으로 변해서 눈만 끔뻑거렸다.

자신들의 정체를 알고도 이런 식으로 단호하게 거절당할 줄은 조금도 예상하지 못한 모양이었다.

보통 선의가 거절당하면 종종 악의로 변하는 수가 있다.

설무백은 내심 그걸 걱정했으나, 당장에 그런 일은 벌어지지 않았다.

이윽고, 정신을 수습한 묵면화상이 어색한 미소를 흘리며 그를 설득했다.

"욕심을 부리지 않는 것은 나쁜 일이 아니지. 하나, 그리 좋은 일도 아닐세. 모름지기 사내라면 욕심을 부릴 때는 마음껏 부려야 하는 거라네. 그러니……!"

"아닙니다!"

설무백은 묵면화상이 무슨 생각으로 이런 말을 하는지 눈에 선해서 보다 더 단호하게 딱 잘라 말했다.

"욕심과는 전혀 상관없는 일입니다! 말씀드린 것처럼 저는 지금 이대로도 충분하다고 생각하고 있습니다!"

무진행자가 말했다.

"그럼 너무 건방진 걸?"

반면서생이 거들었다.

"아니면 주제를 모르든지."

소광동자가 못을 박았다.

"그런 건 깨우쳐 주는 게 선배의 도리지!"

분위기가 급격히 삐딱하게 바뀌려는 그 순간, 일견도인이 버럭 고함을 지르며 상황을 정리했다.

"꼴통들 하고는, 그게 아니라 그래도 좋을 사부를 사사했다는 뜻이잖아!"

못내 난감한 표정을 짓고 있던 묵면화상도 그런 쪽으로 생각하고 있었던 것 같았다.

그는 이내 표정을 가다듬으며 넌지시 물었다.

"실례가 되지 않는다면 자네의 사부가 누군지 알 수 있을까?"

설무백은 전생의 기억과 오늘의 인상으로 말미암아 이미 반천오객의 성정을 어느 정도 파악하여 그냥 있는 그대로 솔직하게 사실을 털어놓았다.

"외조부님께 양가창을 사사했습니다."

묵면화상의 눈이 커졌다.

"하면, 외조부님이……?"

"양, 세 자, 기 자를 쓰셨습니다."

쓰시는 게 아니라 쓰셨다고 말하는 것은 양세기의 귀천을 알리기 위함이었다.

"신창!"

"자네가 양가창의 당대 전인이라는 건가?"

"그리고 앞서 밝혔듯이 좋은 인연이 닿아 천하삼기 어른신들을 사사했습니다."

"처, 천하삼기의 공동 전인?"

그러나 설무백의 설명은 아직 다 끝난 것이 아니었다.

그는 내친김에 자신이 낭왕의 후예라는 것도 드러냈다.

"또한 가문의 선대이신 낭왕의 진전을 물려받았습니다."

"……!"

묵면화상을 비롯한 반천오객은 경악과 불신에 찬 얼굴로 딱 벌어진 입을 제대로 다물지 못하고 있었다.

완전히 기가 질린 표정들이었다.

그때 혈영이 뚜껑을 대신한 나뭇가지를 젖히며 말했다.

"요리가 다 된 것 같은데, 이제 그만 식사들 하시죠?"

고기 죽이 가득 담긴 솥단지에서 식욕을 돋우는 맛있는 냄새가 풍겨 왔다.

과연 반천오객은 풍진 괴인이라는 소리를 들을 만한 기인들이었다.

그들은 솥단지 안의 고기 죽을 보고는 언제 놀라고 기가 죽었냐는 듯이 감격에 겨운 표정으로 저마다 들고 있던 나무 그릇을 내밀었다.

"오, 맛나겠군!"

"죽이 아주 죽이네!"

혈영이 자기 그릇으로 고기 죽을 퍼서 그들을 포함한 모두에게 골고루 나눠 주었다.

반천오객은 설무백 등보다 더 오랫동안 굶은 것 같았다.

다들 고기 죽을 받기 무섭게 고개를 처박고 허겁지겁 퍼 넣기 시작했다.

그리고 금세 그릇을 다 비우고는 다시 내밀었다.

설무백이 고기 죽을 서너 숟가락 뜨기도 전이었다.

다행히 솥단지가 크고, 고기 죽도 충분해서 모두를 다시 퍼주고도 남았다.

뚱뚱해서 식성 좋게 생긴 일견도인이 다시 받은 고기 죽을 먹으며 말했다.

"자네, 요리를 좀 하는군. 주인이 박하게 굴면 내게 오게나. 전용 숙수로 고용해 주지."

말라서 식성이 없을 것 같지만, 실상은 그 누구에게도 뒤지지 않게 잘 먹고 있던 반면서생이 그에게 눈총을 주었다.

"너만 입이냐? 나도 입이다!"

체구는 작지만 다른 누구보다 빨리 먹고 있던 소광동자가 끼어들어서 두 사람을 나무랐다.

"너희들 왜 자꾸 따로 놀려고 그래? 너희들만 입이냐? 우리라고 해야지!"

가장 장대한 체구지만 상대적으로 가장 늦게 먹고 있던 무진행자가 끌끌 혀를 차며 세 사람을 구박했다.

"야야, 창피하지도 않냐? 대체 나이를 어디로 처먹었기에 죽 한 그릇 가지고 애들 앞에서 대거리야!"

내내 아무 소리도 않고 열심히 고기 죽만 먹고 있던 묵면화상이 문득 계면쩍은 미소를 짓더니 그들, 네 사람을 외면하며 넌지시 말했다.

"너는, 아니 자네는 전혀 이해하지 못하겠지만, 쟤들이 하고 싶은 말은 이걸세. 우리가 자네 사부들에 비해 어느 정도 밀리는 것은 사실이나, 그래도 자네를 놓치고 싶지 않은 게야. 물론 내 생각도 같네. 그러니 이렇게 하세."

고기 죽을 놓고 다투는 사람들의 대화가 대체 어떻게 하면 그런 식으로 해석될 수 있을까?

설무백은 도통 이해할 수 없었으나, 묵면화상의 결론이 궁금해서 말을 받지 않을 수 없었다.

"어떻게요?"

설무백의 물음에 묵면화상이 말했다.

"우리 반천오객의 진전을 그냥 무상으로 자네에게 전해 주겠네. 대신 언제고 자네가 적당한 인재를 찾아서 전해 주게.

천외천의
주인

이는 순전히 우리, 반천오객의 진전이 사장되는 것을 막기 위함일 뿐이지 전혀 다른 마음을 가지고 하는 말이 아니니……!"

말꼬리를 흐린 그가 놀랍게도 밥그릇을 놓고 일어나서 설무백을 향해 정중히 포권의 예를 취했다.

"부탁하네!"

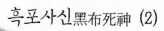

흑포사신黑布死神 (2)

그게 무엇이든 자신이 지닌 무언가가 사장된다는 말은 아무 때나 쓰지 않는다.

피치 못할 사정으로 그럴 수밖에 없을 때나 쓰고, 그 피치 못할 사정이란 어떻게 생각해 봐도 당사자의 부재를, 즉 죽음을 뜻한다.

그렇다면 천하의 반천오객이 자신들의 죽음을 예견하는 이유는 뭘까?

설무백은 잠시 고민했다.

이건 기연이라면 기연이었다.

눈 딱 감고 그러겠다고 대답만 하면 초극의 고수들인 반천오객의 무공을 전해 받을 수 있는 것이다.

그러나 그는 선뜻 대답할 수 없었다.

반천오객의 진전을 무상으로 전해 받을 수 있다는 것이 다른 사람에게는 몰라도 그에게는 그다지 중요하지 않았기 때문이다.

그가 바라는 것은 그들의 무공이 아니라 그들 자체였다.

그는 어쩔 수 없이 승낙 대신 물었다.

"이런 억지를 부리시는 이유가 대체 뭡니까?"

묵면화상이 바로 대답하지 못하며 나머지 네 사람과 시선을 교환했다.

몰랐는데, 일견도인 등 네 사람은 어느새 묵면화상과 무백의 대화에 주목하고 있었다.

어찌 보면 허무맹랑하게 들릴 수도 있는 묵면화상의 말이 사실이라는 방증이었다.

이윽고, 일견도인 등 네 사람의 조용한 묵인 아래 묵면화상이 대답했다.

"비무가 있네. 우리의 승리를 기대하기 어려운 비무일세."

설무백은 이번에야말로 크게 놀랐다.

천하의 반천오객이 승리를 기대하기 어렵다고 할 만한 상대는 천하를 통틀어도 흔치 않았다.

그는 호기심이 일어났다.

"상대가 누굽니까?"

"그건 아직 모르네."

그 대답에 설무백은 절로 의심의 눈초리를 드러냈다.

이에 묵면화상이 자못 정색하며 장난처럼 말했다.

"거짓이 아니니 그런 눈으로 보지 말게. 우리가 거짓말을 좀 하고 다니긴 해도, 이런 일을 거짓으로 말하진 않네."

"하지만 상대가 누군지도 모르면서 질 거라고 하시는 건 어째 좀……?"

"내가 언제 질 거라고 했나?"

설무백은 새삼 장난하듯 말하다가 갑자기 정색하는 묵면화상의 태도에 당황해서 절로 미간을 찌푸렸다.

묵면화상이 다시금 일견도인 등과 시선을 교환하고 나서 무백에게 불쑥 물었다.

"자네, 혹시 독선지회(毒仙之會)라고 들어 봤나?"

생전 처음 들어 보는 말이었다.

"들어 본 적이 없는 말입니다만?"

"하긴, 그럴 테지……."

묵면화상이 이해한다는 듯 수긍하며 재차 물었다.

"하면, 천하사대독문(天下四大毒門)이라는 말은 들어 본 적이 있나?"

이건 들어 본 적이 있었다. 아니, 알고 있는 말이었다.

독과 암기의 조종 가문이라는 사천당문과 절강성 동부인 주산군도(舟山群島)의 끝자락에 위치한 섬인 주산독도(舟山毒島), 광동성 북부에 자리한 고주부(高州府)의 만독주가(萬毒酒家), 묘강의 제일독문인 오독문(五毒門)을 일컬어 강호 무림인들은 천하사대독문이라고 불렀다.

다만 '부르는' 것이 아니라 '불렀다'라는 과거형으로 말하는 이유는 그들 중에 쇄락해서 과거의 영화를 잃어버린 가문이 있었기 때문이다.

어느 가문이 먼저인지는 몰라도 주산독도와 만독주가가 그랬다.

주산독도는 절강성의 전설적인 검문인 보타문에, 즉 자파의 검법이 천하 최강임을 증명하려고 주기적으로 검후라는 이름의 여고수를 중원에 내보내는 남해청조각에게 흡수되었고, 만독주가는 대대로 광동성의 패주로 군림하는 광동진가(廣東陳家)와의 싸움에서 패하여 멸문지화를 당해 이름만 남아 있었다.

"알고 있습니다."

"그중에 두 가문이 무너졌지. 그것도 아나?"

"예, 압니다. 주산독도는 보타문에 흡수되었고, 만독주가는 광동진가와의 싸움에서 패하는 바람에 멸문지화를 당했다고 들었습니다."

"그래, 그랬지. 주산독도는 백 년 전에, 그리고 만독주가는 오십여 년 전에 그리되었지. 그래서 언제부터인지 모르게 강호에서는 묘강의 오독문과 사천의 당문을 두고 천하이대독문이라 부르고 있지. 그런데 말일세."

묵면화상이 잠깐 코웃음을 치며 말을 이었다.

"주산독도와 만독주가가 무너진 것은 보타문이나 광동진가 때문만이 아니네. 그들은 그저 어부지리를 취했을 뿐이야. 최고의 고수가 사라지고, 진산절예인 절대독공이 소실된 주산독도나 만독주가를 상대로 쉬운 싸움을 했으니까 말일세."

설무백은 이제야 감이 와서 물었다.

"독선지회라는 것이 원인이었다는 겁니까?"

묵면화상이 설명했다.

"처음에는 사대독문의 최고수들이 십 년 주기로 모여서 그간의 성과를 논하고, 독공에 대한 새로운 지평을 탐구해 보는 자리였다고 하더군. 화산파의 화산논검(華山論劍)처럼 말일세. 그러던 것이 점점 변질되어서 비무가 되었다네. 뭐 탓할 일은 아니야. 무릇 무인의 발전이란 호승심에서 비롯되는 법이니까. 아무튼……."

말꼬리를 늘린 그는 한숨을 내쉬며 말했다.

"그다음엔 어린애도 짐작할 만한 뻔한 얘기일세. 비무는 점점 더 격해졌고, 끝내 사망자가 나왔지. 주산독도가 그래서 무너졌네. 주산독도가 무너지고 나서는 한동안 서로 조심했지만, 어디 개 버릇 남 주겠나? 고작 오십 년도 못 버티고 또 두 번째 희생자가 나왔지."

오십여 년 전에 벌어졌던 광동진가와 만독주가의 싸움은 매우 유명했다.

단순히 무림세가의 싸움이 아니라 무공과 독공의 대결이었기에 세간의 이목을 끌었는데, 소문난 잔치에 먹을 게 없다는 식으로 결과는 매우 허무했다.

　당시 첫 번째 싸움에 나선 만독주가의 전대 가주이며 최고수로 알려진 만독신군(萬毒神君) 여응보(呂鷹甫)가 광동진가의 가주인 무쌍곤(無雙棍) 진일방(陳一榜)에게 고작 이십여 합만에 속절없이 패하는 바람에 너무나 일방적으로 광동진가가 승리한 것이다.

　그런데 이제 보니 거기에는 숨겨진 사연이 있었다.

　당시 만독신군 여응보는 수주 전에 벌어졌던 독선지회의 여파로 이미 만신창이의 몸이었다는 것이 묵면화상의 증언이었다.

　설무백은 그렇듯 밑도 끝도 없이 시작된 묵면화상의 설명을 다 듣고 나서 질문했다.

　"그럼 이제 말씀해 주세요. 대체 노선배의 억지와 그 독선지회라는 게 무슨 상관이 있다는 겁니까?"

　묵면화상이 검은 낯빛으로 인해 유독 하얗게 빛나는 이를 드러내며 대답했다.

　"우리 반천오객이 묘강의 전설적인 독문인 오독문의 오대장로라면 믿겠나?"

　"……!"

　설무백은 머리를 한 방 맞은 것처럼 멍해져서 눈만 끔뻑거렸다.

이건 정말 그가 들어 본 적도 없고, 예상하지도 못한, 아니, 예상할 수조차 없는 얘기였다.

'한족이라고 알고 있었던 반천오객이 묘강 오독문의 오대장로라고?'

그가 알기로 작금의 오독문에는 문주가 없었다.

자세한 내막은 모르지만 선대의 유지에 따라 공석이라는데 그렇다면 지금 그는 오독문의 최고배분과 마주하고 있는 셈이었다.

'아니, 그보다……?'

복잡해진 머릿속을 겨우 수습한 그는 가장 근본적인 문제부터 언급했다.

"하면, 결국 제게 독공을 전해 주겠다는 거였습니까?"

"그렇다네."

"농담이시죠? 아시다시피 저는……!"

"걱정 말게."

묵면화상이 눈치 빠르게 그의 질문을 자르고 말했다.

"오독문의 독공 중에는 기존의 독공과 달리 독의 기운을 기반으로 내공을 수련하는 것이 아니라, 내공을 바탕에 두고 독기를 흡수하는 반천의 신공이 있네. 자질만 있다면 자네가 아니라 천하의 그 누구도 가능하네."

설무백은 그런 독공이 있다는 소리를 들어 본 적이 없어서 적잖게 놀랐다.

그래서 잠시 머뭇거렸다.

그 순간부터 설무백이 그랬던 것처럼 자신들도 내내 하고 싶은 말을 참고 있었다는 듯 일견도인 등이 줄줄이 나서며 말했다.

"보름 후면 독선지회가 열리네."

"그리고 이번에 나서는 사천당문의 고수는 십 년 전 우리가 싸워 본 적이 있는 팔비독종 당백과 다비독종 당소가 오래전부터 가주인 천수태세 당가휘의 전폭적인 지원 아래 키워 낸 사천당문의 비밀 병기라고 하더군."

"우리가 입수한 정보에 따르면 전대미문인 독인(毒人)의 경지에 올랐다던가, 그랬지 아마?"

"진정한 독선(毒仙)이 걔들에게서 나온 거야."

"재수도 없지! 우리는 발바닥이 터지도록 천하를 다 뒤지고 다녔는데도 후계자는커녕 아직 실전된 독왕(毒王)어른의 진전조차 찾지 못했는데, 젠장!"

"아무튼, 그래서 우리의 패배는 자명해."

"암, 그렇고말고. 십 년 전에도 팔비독종 당백에게 반 수 차이로 우리가 졌는데, 이제 와서 그자보다 더 높은 경지에 오른 독인을 대적한다는 것은 가당치 않지."

"그러니 목숨을 걸 수밖에! 오독문의 미래를 위해서라도 놈을 그대로 둘 수는 없으니까!"

서로가 서로에게 뒤질세라 너도나도 끼어들며 묵면화상이 미처 꺼내지 못한 나머지 설명을 대신했다.

반천오객은 동패구사를, 바로 자신들의 운명을 이번 독선지회에서 상대와 같이 죽는 것으로 결정해 놓았던 것이다.

"물론 그렇다고 오독문을 책임져 달라는 말은 아니네."

은근한 눈총으로 좌중을 조용히 시킨 묵면화상이 다시 말문을 열었다.

"오독문은 주산독도나 만독주가와는 다르네. 오독문은 묘강에 우뚝 선 봉우리와 같아서 경계할 적수가 없으니, 우리가 없더라도 그네들과 달리 멸문의 길을 걷지는 않을 게야. 우리가 나름의 조치도 해 두었고 말이야. 그러니……."

그는 거듭 진중하게 공수했다.

"부탁하네!"

설무백은 침묵한 채 잠시 생각에 잠겼다.

반천오객의 부탁을 들어주는 것은 일도 아니었다.

다만 그는 반천오객을 살리고 싶어서, 정확히는 곁에 두고 싶어서 그들의 부탁을 있는 그대로 들어줄 수가 없었다.

잠시 침묵하며 생각을 정리한 그는 이내 마음을 정하고 말했다.

"이렇게 하지요. 노선배들의 부탁을 들어드리겠습니다. 대신 노선배들께서도 제 부탁을 하나만 들어주십시오."

반천오객 모두가 더할 나위 없이 반색하는 와중에 묵면화상이 물었다.

"뭐든지, 얼마든지 말해 보게! 자네가 원하는 거라면 그게 뭐든 다 들어주겠네!"

설무백은 기다렸다는 듯이 말했다.

"제게 노선배님들을 대신해서 독선지회에 참가할 수 있도록 오독문을 대표하는 자격을 주십시오!"

"……!"

묵면화상을 비롯한 반천오객의 얼굴이 제각각 다른 표정으로 일그러졌다.

저마다 의혹과 의심, 불신과 회의가 한데 모인 표정들이었다.

그중에 하나, 의혹 어린 표정으로 바라보던 묵면화상이 물었다.

"이제 와서 우리를 무시하거나 놀리려는 것는 아닐 테고, 상대가 누구든 이길 자신이 있다는 소린가?"

설무백은 애매한 대답을 내놓았다.

"일단은 그렇습니다."

그리고 태연하게 덧붙였다.

"하지만 져도 그만 아닌가요? 오독문에는 아무런 피해가 없지 않습니까?"

불쾌한 기색으로 변해 가던 묵면화상의 눈빛이 순간 흔들렸다.

그만이 아니라 일견도인 등 나머지 네 사람도 그랬다.

다들 무언가 알 것도 같고 모를 것도 같다는 듯 미묘하게 흔들리는 눈빛이었다.

더불어 주변의 공기도 달라졌다.

미세한 변화, 웬만해서는 눈치채기 어려운 자연스러운 미동이었으나, 맹수보다 더 뛰어난 설무백의 감각은 그것을 정확히 포착했다.

반천오객의 누군가를 시작으로 그들은 하나둘씩 은연중에 내력을 끌어 올리고 있었다.

"잘 들으세요."

설무백은 그에 아랑곳하지 않고 특유의 미온한 미소를 지으며 말했다.

암중으로 무슨 일이 있어도 절대 나서지 말라는 전음을 공야무륵 등에게 전한 후였다.

"역사와 전통 좋지요. 선대의 말을 따르는 것도 나쁘지 않습니다. 그런데 그걸 지키려고 자신의 목숨을 내던지고, 문파의 미래까지 거는 것이 과연 옳은 일일까요?"

그의 물음에 대답 대신 예리한 암경(暗勁)이 그의 복부로 밀려왔다.

시선을 마주하고 있는 묵면화상이 쏘아 낸 무형지기였다.

암습이었으나, 살기는 없었다.

설무백은 은연중에 상응하는 내력으로 호신강기를 일으켜

서 막았다.

마치 깨지기 쉬운 계란을 받아 내듯 묵면화상이 쏘아 낸 무형지기는 소리 없이 소멸되었다.

묵면화상이 움찔했다.

"······!"

설무백은 그에 상관하지 않고 하던 말을 계속했다.

"주산독도나 만독주가는 옳은 일을 하다가 망했으니 장하다고 보시나요?"

새로운 암경이 밀려왔다.

소광동자가 쏘아 낸 무형지기였다.

"······!"

그러나 방금 전처럼 아무 일도 일어나지 않았다.

설무백은 같은 방법으로 소광동자가 쏘아 낸 무형지기를 가볍게 소멸시키며 자신이 던진 질문에 스스로 답했다.

"아니죠. 그럴 리 없죠. 그들처럼 되지 않으려고 이렇게 안 달이신 거니까."

암경이 다시 밀려왔다.

이번에는 두 줄기였고, 한층 더 강력했다.

남몰래 시선을 교환한 일견도인과 반면서생이 동시에 쏘아 낸 무형지기였다.

하지만 달라지는 것은 아무것도 없었다.

"······!"

설무백은 상응하는 호신강기를 일으켜서 그들, 두 사람이 쏘아 낸 무형지기를 거짓말처럼 소멸시키고는 태연하게 말을 이어 나갔다.

"결론인 즉, 이건 진즉부터 누가 나가더라도 무방한 일이었다는 겁니다. 그래서 독선지회가 깨진다면 깨지라지요. 언제 시작되었는지도 모를, 그것도 애초의 의미가 사라진 전통 따위, 언제 깨지든 무슨 상관이라고 이 난리인 건지 저는 그저 우습기만 합니다."

무백의 말이 끝나기도 전에 장내의 공기가 엄청난 압력을 행사하며 진동했다.

무진행자였다.

다른 사람들과 달리 그는 상당한 공력을 집약해서 무형지기를 쏘아 냈던 것인데, 이번에는 단발성이 아니었다.

흡사 검을 뽑아서 휘두르는 것처럼 연속적으로 이어진 무형지기가 설무백의 전신을 압박해 들어왔다.

그러나 설무백은 그마저 아무런 내색 없이 막아 냈다.

"⋯⋯!"

무진행자의 눈썹이 꿈틀거리는 가운데, 순간적으로 설무백을 덮치는 압력이 급격하게 상승했다.

자존심이 상했던 것일까?

아니면 오기가 난 것일지도 모른다.

무진행자의 무형지기가 막히는 순간, 묵면화상과 소광동자

가 나섰고, 그마저 막히자, 일견도인과 반면서생까지 힘을 보
탠 것이었다.

설무백은 공력을 더 끌어 올려서 그들이 합공한 무형지기
에 대항하며 말했다.

"그저 오독문을 지키고만 싶으세요? 더 발전시키고 싶은 생
각은 전혀 없습니까?"

장내의 공기가 과중한 압력으로 우렁우렁 울고, 그들의 주
변을 에워싼 공기가 터져 나갈 구멍을 찾지 못한 활화산처럼
미친 듯이 요동쳤다.

이에 결국 공야무륵과 혈영, 사도가 더는 버티지 못하고 신
형을 날려서 멀찍이 물러났다.

"……!"

설무백과 시선을 마주하고 있는 묵면화상의 검은 이마에 땀
이 송골송골 맺혔다.

무진행자와 소광동자의 장포가 공처럼 크게 부풀어 오르
고, 일견도인과 반면서생의 단정한 머리카락이 한 올, 한 올
일어나서 하늘로 뻗쳤다.

반천오객이 쏘아 내는 무형지기가 투명함을 벗어던지며 서
서히 회백색으로, 다시 거무튀튀한 진청색으로 바뀌며 설무
백의 전신을 감싼 호신강기와 충돌했다.

그들이 사력을 다하는 바람에 본의 아니게, 아니 어쩌면 누
군가 의도적으로 단순한 무형지기가 아닌 기세를, 바로 본신

진기인 독기를 섞은 것이었다.

그러나 설무백은 담담하게 그런 반천오객의 모습을 바라보며 힘주어 다시 말했다.

"있다면 지금 가진 고정관념부터 깨세요! 진보는 고정관념을 깨부수는 파격에서부터 나오는 겁니다!"

설무백은 말을 끝맺음과 동시에 자신이 지닌 공력을 일거에 높이 끌어 올렸다.

꽝-!

벽력이 치고 뇌성이 울었다.

빠져나갈 구멍을 찾지 못하고 응축되었던 경기가 화산처럼 일시에 사방으로 퍼져 나갔다.

"크……!"

누가 먼저랄 것도 없이 거의 동시에 반천오객의 신형이 앉은 자세 그대로 주르륵 서너 장이나 뒤로 밀려 나가며 나동그라졌다.

천하의 반천오객이 설무백 한 사람의 공력을 감당하지 못하고 나가떨어진 것이다.

설무백은 무슨 일이 있었냐는 듯 그 모습 그대로 앉아 무심하게 그들을 바라보며 가만히 팔짱을 꼈다.

무언의 압박.

이제 할 말 다 했으니, 어서 결정을 내리라는 태도였다.

볼썽사납게 나동그라진 반천오객은 다들 일어날 생각도 하지 못한 채 경악과 불신에 찬 눈빛으로 설무백을 바라보았다.

그럴 수밖에 없었다.

그들에게 이건 정말 있을 수 없는 일이었다.

정말이지 현실이 아니라 꿈을 꾸고 있는 것 같았다.

과연 작금의 천하에서 그들의 합공을 감당할 수 있는 사람이 얼마나 있을까?

아니, 있기는 할까?

자랑은 아니나, 그들의 합공은 당대의 하늘인 천하 십대 고수도 감당할 수 없다는 것이 평소 그들이 가지고 있던 자신이요, 자부심이었다.

그런데 그런 그들의 합공이 고작 한 사람에게 무너진 것이다.

비록 얼마나 대가 세나 호기심으로 시작한 까닭에 사력을 다한 것은 아니나, 본의 아니게 호승심이 발동해서 본신의 진기인 독기까지 사용했음에도 패해 버렸다.

게다가 상대인 설무백은 아무리 봐도 전력을 다한 것 같지 않았다.

'천외천(天外天)!'

반천오객은 절로 전신에 소름이 돋는 것을 느꼈다.

그렇게 나자빠져서 주저앉은 상태 그대로 한동안 당황에 겨워하던 그들은 이내 하나둘씩 작심한 얼굴을 하고는 주섬주섬 일어나서 모닥불가로 모였다.

그리고 꿀 먹은 벙어리처럼 혹은 꿰다 놓은 보릿자루처럼 꼼짝도 하지 않고 있다가 서로서로 시선을 교환하더니 마른침을 삼키고 또 삼키다 이윽고 마치 자기들만 다른 장소에 있는 것처럼 대화를 나누었다.

소광동자가 작은 눈동자를 굴리며 물었다.

"독기(毒氣)는 누가 썼냐?"

묵면화상이 곤혹스러운 표정을 지으며 대답했다.

"본의 아니게 내가 그만……."

"나도……."

일견도인이 불쑥 끼어들고는 재빨리 말을 덧붙였다.

"물론 나도 본의 아니게 그만……."

무진행자가 애써 딴청을 부리며 말했다.

"나는 그냥 써 봤다."

반면서생이 슬쩍 옆을 바라보며 침음을 흘렸다.

"그런데도 고작 저놈의 호신강기조차 뚫지 못하고 개구리처럼 다 나가떨어졌다 이거지?"

묵면화상 등 나머지 네 사람의 시선이 반면서생의 시선을 따라갔다. 그리고 보았다.

앞선 여파에 휩쓸린 수풀의 군데군데가 시커멓게 변색된 채로 검은 연기를 피워 내고 있었다.

그들의 내력에 포함되어 있다가 사방으로 비산한 독기가 숲을 녹이고 있는 것이었다.

순간, 반천오객 모두가 눈을 빛내며 거듭 새삼스럽게 시선을 교환하더니, 사전에 약속이라도 한 것처럼 묵묵히 고개를 끄덕였다.

그건 인정이었고, 확인이었고, 결정이었다.

이윽고 늘 그래 왔는지, 묵면화상이 나서서 모두의 의중을 대신하듯 말했다.

"자네 말이 옳으니 따르겠네. 우리 대신 오독문을 대표해서 독선지회에 참석해 주게!"

그리고 힘주어 덧붙였다.

"단, 우리보다 낮은 직급으로 독선지회에 참가하는 것은 형식을 떠나서 저들에게 예의가 아닌 고로 우리는 오대 장로의 권한을 발동해서 자네를 오독문의 태상호법으로 추대하겠네!"

흑포사신黑布死神 (3)

독선지회가 열리는 장소는 인회부에서 육백 리가량 떨어진 북쪽으로, 사천성의 성경계가 마치 호리병처럼 에워싼 귀주성의 적수부(赤水府)였다.

다만 독선지회까지는 보름이라는 여유가 있었고, 설무백에게는 아직 처리해야 할 문제가 남아 있었다.

인회부의 남문 밖에 자리한 묘산(墓山)의 무덤지기를 만나는 것이 바로 그것이었다.

"무덤지기를 만나려고 이 먼 길을……?"

"무덤지기를 빙자한 보물지기인가? 왜 무림에 그런 애들이 종종 있잖아. 보물을 무덤에 감추는 자식들."

"너는 대가리가 장식이냐? 세상에 어떤 멍청이가 이런 시골 촌구석에 있는 무덤에 보물을 감춰?"

"허, 대가리가 장식인 건 너지. 안 그러면 대체 저 아이가
왜……?"

"또! 또! 이런 새대가리……!"

"아, 실수! 그러니까, 에, 태상호법이 이 시점에 무슨 사연
으로 무덤지기를 찾아가겠냐?"

"그건 그렇긴 하다만……."

"설마 우릴 따돌리려고 개수작을, 아니, 잔머리를……?"

"잔머리도 좀 그렇다."

"……염두를 굴리는 건 아니겠지?"

"태상호법이 그럴 사람은 아니지 않나?"

"열 길 물속은 알아도 한 길 사람 속은 모른다잖아."

"문자가 객지 나와서 고생한다, 니미……!"

"이 자식은 아주 내가 무슨 말만 하면 사사건건 시비야, 시
비는!"

"야야, 시끄러! 지금 우리가 어디 불구경 가냐? 동네 철부
지 애들도 아니고 왜 이리 잔망스럽게 굴어!"

"오, 잔망 나왔다, 잔망!"

"잔망이 객지 나와서 고생한다, 니미……!"

정말 시끄럽고, 정말 잔망스러웠다.

오가는 사람들이 무슨 거지 떼를 보는 것처럼 흘겨보는 바
람에 못내 창피하기까지 했다.

설무백은 말려서 될 일이 아니라고 생각하며 그저 발걸음을 서둘렀다.

이미 한두 번 말려 본 것이 아니었다.

말려도 그때만 잠시뿐, 서너 각도 지나지 않아서 지금처럼 원래대로 돌아가 버리니 이제는 말리고 자시고 할 생각조차 들지 않았다.

공야무륵이 그의 마음을 이해한 듯 툴툴거렸다.

"정말 말 많은 노인네들이네요. 이럴 줄 알았으면 그냥 외각을 돌아서 갈 걸 그랬습니다."

"그러게."

설무백은 한숨으로 인정했다.

조금이라도 서두를 요량으로 도심을 가로지르는 길을 택한 것이 실수였다.

수다쟁이들도 보통 수다쟁이들이 아니었다.

한시도 쉬지 않고 입을 놀리는 바람에 지나는 곳마다 쳐다보지 않는 사람이 없었다.

가급적 은밀한 행보를 추구하려는 그의 계획이 완전히 수포로 돌아가 버린 것이다.

'아무래도 무언가 조치를 취하긴 취해야겠는데…….'

설무백은 골치가 아팠다.

다만 불행 중 다행으로 적수부는 부(府)라도 현(縣)급의 도시라서 그리 크지 않았다.

사람들이 북적거리는 도심의 거리도 짧았고, 도심을 벗어나자 비교적 한적했다.

　발길을 서두른 덕분에 별다른 시비나 문제없이 남문을 벗어난 그는 이내 묘산의 산기슭으로 들어서서 망산(望山)처럼 무덤이 깔려 있다는 둔덕의 초입에 도착할 수 있었다.

　그가 예상치 못한 시비에 휘말린 것은 잠시 방심하고 있던 바로 그때였다.

　"이 길로는 못 가! 아니, 길이 없어서 가면 안 돼! 이쪽은 벼랑이야, 벼랑!"

　울창한 수림이 하늘을 가린 둔덕의 오솔길이었다.

　낡은 베옷이 무색할 정도로 곱상하게 생긴 계집애 하나가 저만치 떨어진 둔덕 아래 길을 막고 서서 날 파리를 쫓듯 손을 휘휘 내저으며 소리치고 있었다.

　설무백은 혹시나 길을 잘못 들었는지 싶어서 주변을 둘러보았으나, 아니었다.

　주변은 북개방의 막 장로가 전해 준 양피지의 내용을 그대로 재현해 놓은 길목이었다.

　"꼬마야, 아닌데? 이 길로 가야 적수부이 공동묘지가 나오는데?"

　설무백이 부드럽게 타일렀음에도 계집애는 빽 하고 소리쳤다.

　"아냐! 이쪽은 벼랑이라고 했잖아! 산을 넘으려면 딴 길을 찾아봐!"

"우리는 산을 넘으려는 게 아니라 그쪽 너머에 있는 공동묘
지로 가려는 거야. 거기 살고 있는 무덤지기 채(債) 노인을 만
나려고."

"그, 그게 무슨……! 틀렸어! 여기에는 묘지 같은 거 없어!
잘못 안 거니까, 딴 데 가서 알아봐!"

설무백은 어째 묘하다는 생각이 들었다.

찰나지만, 못내 숨기지 못하고 드러낸 계집애의 불안을 그
는 예리하게 읽어 낼 수 있었다.

그때 공야무륵이 나섰다.

"야, 이 버르장머리 없는 계집애야! 다치기 전에 어서 썩 꺼
지지 못해!"

설무백은 속으로 웃었다.

상대가 어린 계집애라서 실수를 쓰겠다는 말도 못하고 직
접 나서서 화를 내는 공야무륵이 귀엽게 느껴졌다.

그러나 계집애는 그런 내막도 모르고 공야무륵을 성난 살
쾡이처럼 매섭게 노려보다가 불쑥 손을 휘둘러서 무언가를 던
졌다.

쇄액-!

공야무륵이 반사적으로 피했다.

간발의 차이로 공야무륵을 스치고 지나가 바닥에 꽂힌 그
것은 돌이었다.

돌은 돌인데, 끝을 뾰족하게 다듬은 돌이었다.

공야무륵의 얼굴이 굳어졌다.

계집애의 기습적인 돌팔매질에 상당한 내력이 담겨 있음을 간파하고 분노한 것이었다.

"감히 이따위 수작을……!"

계집애가 그 모습을 보며 악을 썼다.

"그만둬! 오지 마! 더 다가오면 우리 아빠 부른다! 우리 아빠가 얼마나 무서운지 모르지 너!"

공야무륵은 상관하지 않고 다가갔다.

"아빠!"

계집애가 안절부절못하다가 이내 크게 소리치며 소로의 옆에 있는 숲으로 뛰어 들어갔다.

설무백은 절로 눈을 빛냈다.

돌팔매질에 담긴 내력처럼 계집애가 전개한 신법도 예사롭지 않았기 때문이다.

그와 동시에 계집애가 사라진 숲속에서 걸걸한 사내의 호통이 터졌다.

"어떤 후레자식이 우리 귀한 딸을 괴롭히는 게냐!"

장내가 쩌렁하게 울리는 와중에 숲속에서 검은 인영 하나가 튀어나왔다.

"너희들이냐?"

방금 전 계집애처럼 능선을 넘어가는 길목을 막아선 검은 인영은 장대한 체구를 자랑하는 털북숭이 사내였다.

공야무륵이 발걸음을 멈추며 머쓱한 얼굴로 설무백을 돌아보았다.

설무백은 정중히 공수하며 말했다.

"오해 마시오. 우리는 그저 이 길 너머에 있는 묘지로 가려는 것뿐이오."

털북숭이 사내가 두 눈을 흉흉하게 희번덕거리며 앞서 계집애가 했던 말을 토시 하나 틀리지 않고 반복했다.

"이 길로는 못 가! 아니, 길이 없어서 가면 안 돼! 이쪽은 벼랑이야, 벼랑!"

설무백은 뭔가 이상한 기분이 들어 공야무륵에게 눈짓을 보냈다.

공야무륵이 고개를 좌우로 기울여서 으득으득 소리를 내는 것으로 위협하며 털북숭이 사내를 향해 다가갔다.

"좋은 말로 할 때 비켜라! 다친다!"

하지만 털북숭이 사내는 비키기는커녕 흉악한 표정으로 주먹을 비비며 마주 나섰다.

"너야말로 다치기 전에 꺼지는 게 좋을 거다!"

순간 공야무륵이 득달같이 튀어 나가며 주먹을 휘둘렀다.

상대를 그저 무지한 산무지렁이로 보고 주먹 한 방이면 될 거라 생각한 것 같았다.

그런데 상대 털북숭이 사내는 무지한 산무지렁이가 아니었다. 무공을 익힌 자였다.

그것도 상당한 수준의 무공이었다.

털북숭이 사내가 순간적으로 상체를 비틀어서 공야무륵의 주먹을 피하며 반격을 가했다.

주먹을 크게 휘둘러서 공야무륵의 턱을 노리는데, 단순한 동작이었지만, 대신에 빠르고 묵직했다.

쇄액-!

공야무륵이 놀란 듯 흠칫했으나, 그대로 당하지는 않았다.

그는 반사적으로 고개를 돌려서 털북숭이 사내의 주먹을 옆으로 흘렸다.

그다음엔 본능과도 같은 반격이었다.

공격과 방어는 하나라는 공방일체의 묘리에 따라 쳐들린 그의 반대편 주먹이 빠르게 반원을 그리고 돌아서 털북숭이 사내의 옆구리를 가격했다.

털북숭이 사내는 피하지 못했다.

퍽-!

둔탁한 소리가 울리며 털북숭이 사내의 옆구리가 공야무륵의 주먹으로 깊숙이 눌렸다.

그러나 털북숭이 사내는 비명이나 신음을 흘리는 대신 이를 악물며 주먹을 휘둘러서 거듭 공야무륵의 턱을 노렸다.

공야무륵이 재빨리 손을 올려서 털북숭이 사내가 휘두른 주먹을 잡았다.

그러자 털북숭이 사내가 다른 주먹을 쳐들었다.

공야무륵은 그 주먹도 가볍게 잡아냈다.

본색을 드러낸 털북숭이 사내는 상당한 무공을 가진 것으로 보였으나, 공야무륵에게는 미치지 못하는 수준이었다.

"익!"

모든 공격을 실패한 털북숭이 사내가 주먹을 펴서 공야무륵의 손을 마주 잡았다.

그리고 두 손을 그대로 꺾어 버리려는 듯, 상체를 쳐들어 완력을 행사했다.

그 모습을 보고 있자니 어깨는 범종(梵鐘)처럼 넓어도 작은 신장의 공야무륵이 더욱 작게 느껴졌다.

마치 거대한 곰 한 마리가 어린아이를 짓누르려고 드는 모습 같았다.

그러나 공야무륵은 어린아이가 아니었고, 넓은 어깨에서 나오는 순수한 완력만 가지고도 얼마든지 진짜 곰을 때려잡을 수 있는 사내였다.

공야무륵은 본의 아니게 힘겨루기에 들어간 꼴이 되었으나, 주저하지 않고 용력을 발휘해서 털북숭이 사내의 두 손을 여지없이 뒤로 꺾어 버렸다.

"악! 잠깐! 잠깐!"

비명과 함께 털썩 무릎을 꿇은 털북숭이 사내가 죽상을 하며 사정했다.

공야무륵은 이건 또 무슨 수작인가 싶어 웃는 낯으로 털북숭이 사내의 손을 놓아주었다.

털북숭이 사내는 손이 풀리자마자 반사적으로 물러나며 언제 사정했냐는 듯, 이를 갈았다.

"이놈, 제법 한 수가 있구나! 내 부족함을 인정하마! 대신에 우리 아버님은 다를 거다! 너 이놈, 거기서 꼼짝 말고 기다려라! 아버님, 아버님!"

대체 이게 무슨 일일까?

털북숭이 사내가 대뜸 고래고래 소리를 치며 앞서 계집애가 사라지고 자신이 나왔던 그 숲속으로 신형을 날렸다.

그리고 얼마 지나지 않아서 이번에는 칼칼한 노인의 호통이 들려왔다.

"대체 어떤 후레자식이 우리 귀한 아들을 괴롭히는 것이냐!"

보통의 체구에 칼처럼 찢어진 두 눈에서 매서운 한기가 피어나는 노인의 손에는 박도 한 자루가 들려 있었다.

"너냐? 네놈이 우리 아들을 괴롭힌 후레자식이냐?"

노인이 대번에 수중의 박도를 쳐들어서 공야무륵을 겨누었다.

아들과 싸운 자가 공야무륵임을 알고 있는 듯한 태도였다.

공야무륵이 이젠 정말 못 참겠다는 듯 도끼를 꺼내들었다.

"그만 두고 물러나!"

그때, 설무백이 재빨리 공야무륵을 말렸다.

그는 이제야 사정을 파악하고는 절로 고소를 금치 못했다.

사정을 파악한 것은 그만이 아니었다.

장터에서 벌어진 인형극을 구경하듯 어느새 한쪽에 자리를 잡고 옹기종기 앉아 있던 반천오객도 사정을 모두 파악한 상태였다.

일견도인이 말했다.

"한 놈이네."

소광동자가 말을 받았다.

"한 년일지도……."

무진행자가 의혹을 드러냈다.

"작금의 강호에서 변체환용술을 저리 빠르게 구사할 수 있는 애가 누가 있지?"

반면서생이 그의 의혹에 답했다.

"변체환용술을 구사하는 애들은 서넛 있지만, 저리 빠르게 구사할 수 있는 애는 하나뿐이지."

일견도인을 비롯한 소광동자와 무진행자의 시선이 반면서생에게 돌려졌다.

"누군데 그게?"

반면서생이 자못 거만하게 어깨를 피며 입을 여는데, 묵면화상이 끼어들어 초를 쳤다.

"천면호리(天面狐狸)지."

"아……!"

일견도인을 비롯한 소광동자와 무진행자가 과연 그렇다는 듯 납득하는 가운데, 반면서생이 눈을 부라리며 악을 썼다.

"내가 말하려고 그랬어!"

"누가 말하면 어때서?"

"그래도 그건 예의가 아니지!"

"무슨 이런 데서 다 예의를 따지냐?"

"그럼 예의가 장소 가려서 따지는 거냐?"

"아나, 예의가 객지에 나와서 고생한다, 니미……!"

또다시 요란하고 왁자지껄한 그들만의 대거리가 시작되었다.

설무백은 이제 말리기도 귀찮아서 그쪽으로는 아예 신경을 꺼 버렸다.

그리고 잠시 박도를 들고 나선 노인을 바라보다가 불쑥 질문을 던져 반천오객의 대거리를 그치게 만들었다.

"네가 비풍(秘風)이냐?"

설무백의 물음을 들은 반천오객이 대거리하던 것을 멈추고 꿀 먹은 벙어리처럼 입을 다물어 버렸다.

그들은 앞서 차례대로 나타났던 계집애와 털북숭이 사내, 그리고 지금 나타난 노인을 변체환용술로 모습을 바꾼 한 사람으로 보았고 그 한 사람을 변체환용술의 대가이자 전설적인 독행대도인 천면호리라고 생각했다.

그러나 아니었다.

설무백은 반천오객도 모르는 생소한 이름으로 노인을 불렀다.

이를 들은 노인이 흔들리는 눈빛과 당황한 기색을 드러냄으로써 그것이 사실임을 대변하고 있었다.

·‧꙰‧·

늘 그렇지만 작금의 강호에도 유명한 도둑이 많다.

그러나 그중에서 가장 뛰어난 도둑을 꼽으라면 혹자들은 주저하지 않고 한 사람을 꼽았다.

바로 천면호리였다.

혹자들은 천면호리를 과거 투도술의 대가로, 도둑들의 신으로 불리던 독행대도이자 천하삼기의 하나인 야신 매요광과 비교했다.

다만 그건 어디까지나 투도술에 한정된 얘기였다.

야신 매요광은 무공의 다대함으로 흑도의 거두라 대우받는데 반해, 천면호리는 그저 뛰어난 도둑으로 치부됐다.

천면호리에게는 뛰어난 투도술만 있었을 뿐, 매요광만큼의 무공이 없었기 때문이다.

그래서 천면호리는 그와 같은 세간의 평가를 못내 치욕으로 느끼며 자괴감에 빠져 산 듯했다.

평생 도둑질 이외에는 아는 것이 없던 그는 말년에 어렵게 얻은 제자에게 투도술을 제쳐 두고 다른 것들부터 먼저 가르쳐 주었다.

　그에게는 투도술을 제외해도 제자에게 가르쳐 줄 것이 얼마든지 있었다.

　별호가 말해 주듯 그의 특기인 역용술과 그간 그가 훔쳐 모았던 무공들이 바로 그것이었다.

　변체환용이 가능한 그의 역용술은 말할 것도 없고, 야신 매요광과 비교될 정도로 뛰어난 도둑인 그가 알게 모르게 훔쳐 모은 무공들은 하나같이 대단한 절기와 신공들이었던 것이다.

　그리고 그의 제자는 그 모든 절기와 신공들을 충분히 소화할 만큼의 뛰어난 무재였다.

　그런데 문제가 생겼다.

　천면호리가 자신이 가진 모든 것을 제자에게 전해 주고, 본격적으로 투도술을 가르치려고 마음을 먹은 순간, 그만 죽어 버린 것이다.

　도둑의 제자이면서 정작 도둑질은 전혀 배우지 못한 그의 제자, 노인으로 변해서 무백의 앞을 막고 있는 비풍은 그렇게 홀로 버려졌다.

　'천면호리가 죽은 건 아직 모르겠지.'

　설무백이 가진 전생의 기억에 따르면 천면호리는 천년무고라는 황궁무고(皇宮武庫)에 침입했다가 잡혀서 죽었고, 그 사실은 그가 죽고 오 년이 지나고 나서야 드러났다. 그리고 그 시점에 비풍은 강호로 나와 도둑질을 시작하게 된다.

엄청난 역용술과 무공을 익혔으나 더없이 미숙한 도둑질 실력 때문에 그는 매번 들켜서 치고받는 싸움을 벌이며 금방 악명을 떨쳤다.

이른 바 일인 도적으로, 강호 칠대 악인(江湖七大惡人)의 하나가 되는 비적비풍(匪賊秘風)의 탄생이었다.

그 미래의 악인, 비풍이 불안한 기색으로 침묵을 깨며 물었다.

"너는 누구지?"

설무백은 속으로 웃었다.

'돌발적인 질문에 당황해서 자신이 비풍임을 인정하는 반문을 하다니…….'

순수하다.

아직은 악인이 아니다.

'이런 애를 속이는 건 미안한 일이지만…….'

설무백은 마음을 다잡고 말했다.

"나는 설무백이라고 하는데, 네 사부인 천면호리 형과는 우연찮은 기회에 고작 한 번 만났을 뿐이지만, 서로 마음이 통해서 나이를 떠나 호형호제하는 사이다."

아예 거짓은 아니었다.

전생의 그는 천면호리를 만난 적이 있었다.

당시 그는 흑사자들 중에서 주목받기 시작한 무렵이었는데, 우연찮게 쾌활림의 군사인 독심광의 구양보를 따라서 무림의 암시장인 흑점(黑店)의 야시장에 갔다가 물건을 팔고 있던 천면호리를 만났었다.

물론 그 당시에는 알아보지 못하고 나중에 독심광의를 통해서 알게 된 것에 불과하지만 말이다.

노인의 모습을 한 비풍이 반신반의하는 표정으로 고개를 갸웃거렸다.

"사부님께 그런 얘기는 들은 적이 없는데……?"

"천면호리 형이 언제 개인적인 얘기를 네게 하는 사람이더냐?"

설무백은 거침없이 말했다.

"아무튼, 천면호리 형이 먼 길을 떠나면서 비풍 너를 내게 부탁했다. 언제 돌아올지 모르는데, 네가 마냥 여기서 기다리고 있을 것 같으니, 데리고 가서 잘 보살펴 주라고 하더라."

비풍이 여전히 미심쩍어하는 표정으로 물었다.

"저, 정말인가요?"

"정말이 아니라면 내가 어찌 네 이름을 알고, 천면호리 형의 부재는 또 어찌 알까."

설무백이 대답하기 무섭게 뒤쪽에 옹기종기 모여 앉은 반천오객이 소곤댔다.

"뻥 같지?"

"당연히 뻥이지."

"뻥이 아닐 수도 있지 않나? 저 녀석……!"

"또 그런다!"

"……이 아니라, 태상호법! 그렇잖아? 얼핏 봐도 이런저런 사연이 아주 많은 것 같던데, 얼마든지 천면호리와 호형호제 할 수 있지 않을까?"

"그야 그렇지만, 만났다는 건 분명히 뻥이야."

"어째서?"

"어째서긴, 보면 몰라? 얼굴에 적혀 있잖아, 뻥이라고."

"그러게, 눈빛이 심하게 흔들리네. 태상호법이 다른 건 몰라도 뻥을 치는 건 아직 미숙하군."

"아나, 뻥이 객지에 나와서 고생한다, 니미……!"

설무백은 내심 뜨끔하는 와중에 슬쩍 고개를 돌려서 반천오객에게 눈총을 주었다.

눈총을 받은 반천오객이 재빨리 입을 다물고 딴청을 부렸다.

설무백은 다시 마음을 다잡으며 여전히 미심쩍어 하는 기색의 비풍을 다그쳤다.

"나도 바쁜 몸이니, 자세한 얘기는 언제고 천면호리 형이 돌아오면 직접 듣고, 어서 가서 짐이나 챙겨라."

"……예."

비풍이 어쩔 수 없이 수긍하듯 대답과 함께 돌아섰다.

설무백 등은 묵묵히 그 뒤를 따라서 둔덕을 넘었고, 이내 잡목과 넝쿨로 뒤덮인 묘지의 군락, 버려진 공동묘지에 도착했다.

비풍이 천면호리와 함께 지내던 거처는 그 공동묘지의 한쪽에 자리한 아담한 모옥이었다.

억만금을 모았다고 알려진 독행대도 천면호리가 무덤가의 누추한 모옥에서 산다는 것은 선뜻 이해하기 어려운 일이긴 했으나, 적어도 설무백은 그 이유를 알고 있었다.

천면호리는 제자를 얻은 이후부터 돈이나 값진 재물을 훔치지 않았다.

오로지 무공 비급만을 노렸고, 결국 황궁무고에까지 욕심내다가 삶을 달리했다.

물론 그렇다고는 해도 분명 어딘가에 그간 천면호리가 모아 놓은 재물이 있을지도 모르지만, 설무백은 그것에 대한 욕심이 전혀 없었다.

그는 미래의 비적비풍을 얻은 것만으로도 충분히 만족했다.

그래서 열다섯 살의 본모습으로 돌아가 단출한 봇짐을 싸 들고 나온 비풍이 무언가 내밀한 얘기를 하려고 망설이는 모습을 보고, 싸늘하리만치 냉정하게 말했다.

"난주의 풍잔으로 가라! 가서 내 이름을 대면 마땅히 거처할 곳을 내줄 거다!"

설무백의 단호함에 눌린 비풍은 두말없이 수긍하고 돌아섰다.

천면호리의 제자 비풍은 그렇게 장차 강호 칠대 악인이 될 운명에서 벗어나 난주로 떠났다.

설무백은 그제야 오독문을 대표해서 독선지회에 나서기 위해 적수부로 향했고, 며칠 후 적수부의 모처에 도착해 낯익은 인물과 조우했다.

바로 다비독종 당소였다.

⚜

독선지회가 열리는 적수부의 모처는 기암괴석과 고사목, 빛바랜 노송이 병풍처럼 둘러싸인 산마루였다.

설무백 등이 독선지회가 열리는 시간인 정오에 맞추어 산마루에 올랐을 때, 사천당문의 인물들은 이미 도착해서 기다리고 있었다.

전부 다섯 사람이었다.

다비독종 당소와 엇비슷한 연배로 보이는 작은 체구의 노인 하나, 그리고 전날 당소과 동행했던 두 사내, 그리고 낯선 청년 하나였다.

설무백은 첫눈에 당소와 비슷한 연배로 보이는 노인의 정체를 알아보았다.

쌍독종 중 하나인 팔비독종 당백이었다.

비록 직접 만나 본 적은 없었으나, 소문으로 들은 인상착의로 대번에 알아볼 수 있었다.

전날 당소와 동행했던 두 사내의 정체도 금세 파악할 수 있었다.

현 사천당문의 가주인 천수태세 당가휘의 다섯 아들 중 둘이었다.

당가휘의 다섯 아들은 현 사천당문의 주력 세대인 삼십 대와 사십 대를 대표하는 자들로, 당가오형제(唐家五兄弟)라고 불리는데, 그중 셋째인 당문비룡(唐門飛龍) 당가소(唐可宵)와 넷째인 당문폭호(唐門暴虎) 당가진(唐可鎭)이 바로 그들이었다.

그뿐 아니라 설무백은 가장 어려 보이지만, 왠지 모르게 가장 눈에 띄는 나머지 청년의 정체도 어렵지 않게 짐작할 수 있었다.

청년은 당가오형제의 막내인 당문독룡(唐門毒龍) 당가천(唐可天)이었다.

'역시!'

설무백은 내심 고개를 끄덕였다.

사실 그는 반천오객에게 독선지회에 대한 이야기를 들었을 때부터 이번에 나설 사천당문의 대표를 어렵지 않게 짐작할 수 있었다.

반천오객의 설명 중에 독인이라는 말이 있었기 때문이다.

당가오형제의 막내인 당문독룡 당가천이 바로 그 주인공이었다.

그는 전생의 기억 덕분에 당문독룡 당가천의 미래를 알고 있었다.

당문독룡 당가천은 그야말로 독과 암기의 조종 가문이라는 사천당문이 모든 역량을 총동원해서 탄생시킨 괴물로, 아직은 아니지만 환란의 시대가 도래하기 이전에 독의 초극지체인 독종독인(毒宗毒人)의 단계에 들어서서 오직 전설로만 존재하던 독의 제왕인 독중지성(毒中之聖)의 경지를 넘보게 되는 인물이었다.

'당시 대부분의 무림세가들이 속절없이 나자빠지는 와중에도 사천당문은 이자가 있어 굳건히 버텼다!'

설무백이 전생의 기억을 회상하는 사이, 쌍독종과 반천오객이 마주 서서 변설이 시작되었다.

포권의 예를 더한 정중한 인사와 안부가 오가고, 서로 간에 아는 주변 인사들의 동정에 대한 이야기와 실없는 농이 한동안 계속되었다.

어찌 보면 속 빈 강정처럼 우습기 짝이 없는 겉치레였으나, 이런 게 노회한 강호들 사이의 대화라는 것을 설무백은 익히 잘 알고 있어 그럭저럭 견딜 만했다.

그저 천방지축으로만 알고 있던 반천오객이 그런 진중한

대화를 소화한다는 것이 신기해서 나름 흥미로울 뿐이었다.

그러던 중에, 마침내 본론으로 넘어가는 말이 나왔다.

저쪽에선 다비독존 당소가 전담해서 말하는 데 반해, 이쪽에선 중구난방, 반천오객이 너도나도 한마디씩 하는 바람에 매우 어수선하긴 했으나, 그래도 어느 정도 대화가 마무리되자 내내 침묵을 지키고 있던 팔비독종 당백이 말했다.

"정해진 규율은 아니나, 늘 이쪽 다섯과 그쪽 다섯이 모였는데, 오늘은 한 사람이 늘었구려. 그것도 복면이라니, 아무래도 설명이 필요할 것 같소."

설무백을 두고 하는 말이었다.

설무백은 사전에 공야무륵 등을 저 멀리 능선 아래에 떼어 놓고 왔고, 지금은 복면을 쓰고 있었다.

다비독종 당소에게 정체를 드러내지 않기 위해서였다.

"미안하오."

묵면화상이 사과했다.

그리고 일견도인 등 네 사람이 애써 딴청을 부리는 가운데, 그가 멋쩍은 얼굴로 사전에 준비한 대답을 건넸다.

"대표가 따로 정해지는 바람에 본의 아니게 이렇게 됐소. 이번에 우리는 그저 길 안내자로 왔을 뿐이라오."

쌍독종을 비롯한 사천당문의 일행 모두가 적잖게 이채로운 눈빛으로 설무백을 주시했다.

반천오객을 대신해서 오독문의 대표로 나선 인물이라니,

적잖게 놀랍고 당황스러운 모양이었다.

오독문에 반천오객보다 강한 고수가 없다는 것을 익히 잘 알고 있었기 때문이다.

묵면화상이 그런 그들의 반응을 외면하고 설무백을 소개했다.

"이번 독선지회에 나설 우리 오독문의 태상호법이오. 복면을 쓴 것은 선대의 유전을 익히는 과정에서 얼굴이 크게 상하는 바람에 그런 것이니, 너그러운 이해를 바라오."

독공을 익히다가 얼굴이나 몸이 상하는 것은 독공을 익히는 무인들에게는 매우 흔한 일이었다.

그래서인지 이의를 제기했던 당백은 물론 사천당문의 모두가 설무백이 복면을 쓴 것보다는 오독문의 태상호법이라는 말에 더 관심을 보였다.

무진행자가 급한 성질을 드러내며 그들의 관심을 끊었다.

"뭐, 더 할 말이 남아 있는 것 같지 않으니, 그만 시작합시다."

당소가 알았다는 듯 고개를 끄덕이며 당백과 시선을 교환하고는 당문독룡 당가천을 소개했다.

"우리 당문의 대표는 이 아이요. 아실지 모르겠으나, 세간에서 당가오형제라 불리는 당가의 직계들 중 막내인 당가천이라오."

매우 준수한 미남자이나 무심함이 지나쳐서 어딘가 미욱한 느낌을 주는 당문독룡 당가천이 앞으로 나서며 공수했다.

다른 말은 더 이상 필요 없었다.

설무백은 묵묵히 앞으로 나서서 서너 장의 거리를 사이에 두고 당가천과 대치했다.

반천오객이 기다렸다는 듯 뒤로 빠졌고, 그것을 본 당소 등 당문의 사내들도 묵묵히 뒤로 물러났다.

말이 부드러워서 회의지 싸움, 그것도 혈투와 다름없는 독선지회의 시작이었다.

설무백과 당가천의 시선이 마주쳤다.

당가천의 눈빛이 서서히 녹광으로 물들어 갔다.

이는 그가 반천오객의 경우와 마찬가지로 독분(毒粉)이나 뿌리고 미향(迷香)이나 살포하는 하수가 아니라 본신의 진기로 독기를 흡수하거나 혹은 독기를 본신의 진기로 흡수해서 제어하는 진정한 독공의 고수임을 여실하게 드러내는 모습이었다.

설무백은 어디까지나 무심한 눈빛으로 당가천의 시선을 마주했다.

살기는 전혀 없었으나, 고도의 긴장감이 그들 사이에 흘렀다.

순간이 영원처럼 길게 느껴졌다.

그런데 한순간, 갑자기 그들은 누가 먼저랄 것도 없이 동시에 뒤로 한 걸음씩 물러났다.

장내의 모두가 이건 대체 뭔가 싶어서 어리둥절해하는 사이, 물러난 당가천이 공수했다.

"무승부다!"

설무백이 특유의 미온한 미소를 지으며 마주 공수했다.

"그래, 인정. 무승부다!"

허무하다 못해 허탈하게도, 십년 만에 이루어진 강호 이대 독문의 독선지회는 그렇게 끝났다.

흑포사신黑布死神 (4)

장내에 깊은 침묵이 내려앉았다.

누구도 먼저 입을 열지 않았고, 누구도 먼저 움직이려 들지 않았다.

다들 망연자실하고 있었다.

모두 마치 눈 뜨고 코를 베어 가는 사기를 당한 것 같은 기분에 빠져 버린 것이다.

그런 분위기 속에서 두 사람만이 몸을 움직여 각자의 자리로 돌아갔다.

독선지회가 끝났음을 선언하고 서로 공수하며 물러난 당가천과 설무백이었다.

당가천이 무색한 표정으로 서 있는 당소와 당백 앞으로 가서 고개를 숙이며 말했다.

"소손, 독선지회를 무사히 끝냈습니다."

당소가 평정을 되찾고 조금 분노한 기색으로 의미심장하게
물었다.

"진정 승부를 가릴 수 없더냐?"

당가천이 대답했다.

"예, 그렇습니다. 소손이 부족하여 끝내 승부를 가릴 수 없
었습니다."

당백이 물었다.

"진정 너는 이대로 좋은 것이냐?"

당가천이 대답했다.

"예, 이대로 좋습니다. 십 년 후를 기약하는 것이 옳을 듯합
니다, 할아버님."

당백이 한숨을 내쉬었다.

당소도 도무지 이해할 수 없다는 듯 고개를 절레절레 흔들
었다.

당문비룡 당가소와 당문폭호 당가진이 그들을 대변하듯 나
서며 말했다.

"가천아……!"

"가천아, 너는 우리 당문의……!"

"그만두시죠, 형님."

당가천이 부드러움 속에 단호함이 깃든 목소리로 그들의 말

을 자르며 말했다.

"남은 얘기는 돌아가서 하는 것이 좋을 듯합니다."

당소와 당백이 그의 말을 이해한 듯 고개를 끄덕이며 물러났다.

"그래, 그러자꾸나. 하나, 결과에 합당한 얘기가 아니라면 가규에 따라 엄벌에 처해질 것임을 명심하렷다."

"여부가 있겠습니까, 할아버님."

당가천이 다소곳이 대답하고는 슬쩍 고개를 돌려서 설무백을 바라보았다.

마침 설무백도 그와 마찬가지로 어처구니없어 하는 반천오객과 대화를 나누고 있었다.

"정말 이대로 끝……?"

"대체 무슨 사기를 친 거지?"

설무백은 심드렁하게 되물었다.

"보다시피 독선지회는 무승부로 끝이 났고, 저는 이대로 만족합니다. 노선배들께서는 사천당문과의 무승부가 불만이십니까?"

반천오객 모두가 조개처럼 입을 다물었다.

패배를 예견하며 동귀어진까지 각오한 그들이었다.

절대 불만일 수 없는 무승부였다.

설무백은 입을 다문 그들을 만족한 기색으로 바라보다가 자신을 쳐다보는 당가천의 시선을 의식하고는 마주 보았다.

당가천의 입꼬리가 살짝 들렸다.

남모르게 드러낸 의미심장한 미소였다.

설무백도 특유의 미온한 미소로 화답했다.

돌이켜 보면 이렇게 쉽게 해결될 줄 몰랐다.

아니, 정확히는 당가천이 이렇듯 순순히 그의 의견에 동조할 것이라고는 미처 예상하지 못했다.

그런데 그저 밑져야 본전이라는 식으로 건넨 그의 전음에 당가천은 선뜻 응해 주었고, 끝내 그의 제안을 수긍하며 기꺼이 따라 준 것이다.

그렇다.

조금 전 그와 당가천은 대치하는 순간부터 전음으로 대화를 나누었다. 설무백이 먼저 전음으로 불쑥 질문을 건넨 그들의 대화의 내용은 이랬다.

-정말 궁금해서 그러는데, 너는 이 독선지회가 애초의 목적과 달리 크게 변질되었다는 것을 아나?

-……안다.

-그럼 그래도 필요하다고 생각하나?

-내 의견은 중요하지 않다. 이건 가문의 오랜 전통이고, 가문 어른들의 결정이다. 나는 그저 따를 뿐이다.

-전통은 단지 관습일 뿐이고, 관습은 그저 습관에 지나지 않는다. 모르나?

-내게 그런 말을 하는 이유가 뭔가?

-싸우기 싫어서다.

-나와 싸우는 것이 두려운가?

-내가 두려워하는 것으로 보이나?

-……그리는 안 보이나…….

-자랑은 아니지만, 나는 천하의 그 누구도 두려워하지 않는다. 그저 안 좋은 습관이라면 마땅히 버려야 한다는 것이다.

-너는 전통을 고작 습관이라고 하지만, 이는 엄연히 백 년을 넘게 내려온 전통이다.

-백 년 아니라 천 년을 내려온 전통이라도 해도 옳지 않다고 생각하면 버리는 것이 마땅하다.

-……그럴 수 있다는 건가?

-너와 내가 결정하면 그렇게 되는 거다. 내가 오독문을 대표하듯 너는 사천당문을 대표해서 오늘 이 자리에 섰으니까.

-내가 거절한다면?

-안 좋은 습관에 불과한 독선지회를 이대로 유지하느냐, 아니면 끝내느냐, 하는 결정이 십 년 후로 미루어지겠지.

-……무슨 뜻이지?

-내가 이대로 패배를 선언하고 물러나겠다는 거다.

-……!

-나는 애초에 그럴 생각으로 이 자리에 섰다. 네가 내 제안을 받아들일 수 없다면 어쩔 수 없지. 애초에 마음먹은 대로 내가 패

배를 선언하고 물러나는 수밖에.

─……네가 그렇게까지 하는 진짜 이유가 대체 뭐냐?

─말해 주면 믿겠나?

─들어 봐야겠지.

─정말 자신 없는 어설픈 대답이네.

─내가 할 수 있는 최선의 대답이다.

─하긴, 믿거나 말거나 상관없지. 그냥 알고나 있어라. 황당하게 들릴지는 모르겠지만, 머지않아 나나 너나 견디기 어려운 시대가 온다. 그때를 위해서다. 나는 너의 도움이 필요하게 될지도 모르고, 너 역시 내 도움이 필요할지도 모른다. 그때를 위해서 무의미한 피를 흘리지 말라는 거다.

─……흘리지 말자가 아니라 흘리지 마라? 싸우면 내가 질 것이라 생각하는 모양이군.

─미안, 실수로 본심이 나와 버렸네. 아무튼, 어떻게 할까? 내가 이대로 그냥 질까?

─……무승부로 하지!

그래서 무승부였다.

당가천이 그의 말을 얼마나 제대로 이해했는지는 알 수 없었다.

어쩌면 당가천은 강호 무림에 드리워지고 있는 암류를 이미 알고 있었는지도 모른다.

그게 아니라면 적어도 설무백의 말이 진심임을 알아보는 탁월한 육감 혹은 뛰어난 혜안을 타고났을 것이다.

이유야 어쨌든, 설무백의 입장에선 매우 마음에 드는 녀석이었다.

설무백이 그런 생각을 하고 있는 동안에 저쪽에서는 당소가 나서고 이쪽에서는 묵면화상이 나서서 십 년 후의 재회를 다짐하며 간단한 공수로 작별을 고했다.

설무백은 그사이에 시선을 마주한 당가천에게 전음을 날렸다.

-혼자만 알고 있어라. 나는 설무백이다.

차분하기만 하던 당가천의 눈빛이 살짝 흔들렸다.

혹시 아는 것일까?

설무백이 그걸 확인할 틈은 없었다.

작별을 끝내고 돌아간 당소가 그를 돌려세우며 발길을 재촉했기 때문이다.

설무백도 묵묵히 돌아서서 하산했다.

반천오객이 들릴 듯 말 듯한 목소리로 오만 가지 수다를 속닥거리며 그의 뒤를 따랐다.

산중턱을 내려오자 공야무륵이 나타나서 묵묵히 그의 곁에 붙었다.

대기하라는 장소에서 대기하고 있다가 그의 기척을 느끼고 마중을 나온 것이었다.

모습을 드러내지는 않았으나 암중에서 기다리던 혈영과 사도도 소리 없이 그의 곁을 따르고 있었다.

무진행자가 어이가 없다는 듯 말했다.

"저놈들은 걱정도 안 됐나? 뭐가 저리 무덤덤해?"

묵면화상이 말을 받았다.

"무슨 일이 있어도 저 녀…… 험험! 태상호법이 질 거라고는 생각하지 않았다는 거겠지."

일견도인이 흥미롭다는 듯 중얼거렸다.

"어떻게 그럴 수 있을까?"

반면서생이 쓰게 입맛을 다셨다.

"괜히 애간장 태운 우리만 바보였다. 결론이 그렇잖아."

소광동자가 늘 그렇듯 투덜거렸다.

"바보가 객지 나와서 고생한다, 니미……!"

설무백은 혹시 몰라서 하산하는 내내 쓰고 있었던 복면을 그제야 벗으며 불쑥 반천오객을 향해 돌아섰다.

"이제 우리 얘기를 마저 끝낼 때가 된 것 같죠?"

갑작스럽게 돌아선 그의 태도에 놀란 반천오객이 주춤하다가 이내 애써 웃는 낯으로 시선을 교환했다.

역시나 이번에도 묵면화상이 대표로 나서며 말했다.

"우리가 마저 끝낼 얘기가 더 있나? 이제 우리 절기를 태상호법에게 넘겨주고, 태상호법은 이후 언제고 적당한 인재를 찾아서 그 절기들을 전해 주면 될 일이 아니던가?"

"그래요, 그거."

설무백이 딱 집어 말했다.

"제 말은 그게 지금 당장 할 수 있는 일이 아니라는 겁니다. 제가 아직 할 일이 남았거든요. 그러니 절기를 제게 넘겨주고 싶으시면, 제가 말하는 곳에서 잠시 기다려 주세요."

이제 그만 반천오객과 떨어지는 것이 좋았다.

그는 아직 할 일이 남아 있었고, 그 일에 이처럼 시끄러운 수다쟁이 노인네들과 동행할 수는 없었다.

이제 독선지회가 끝난 마당이라 반천오객의 절기를 받아서 적당한 후인에게 전해 주라는, 그리고 전해 준다는 그 약속은 그게 진심이든 아니든 상관없이 후일로 미루어도 아무런 문제가 없었으니 무백은 그들을 풍잔으로 보내 버릴 작정이었다.

'풍잔에서는…….'

반천오객이 제아무리 천하에 다시없을 풍진 괴인들이라 할지라도 어느 정도 군기가 잡힐 터였다.

풍잔에는 그들과 동년배이자 그들 못지않은 괴인들인 쌍괴와 그들보다 연배가 높은 예충도 있었다.

물론 그런 거 저런 거를 다 떠나서 타고난 여우인 제갈명이 누구보다도 저들을 잘 다룰 것이라고 믿어 의심치 않았다.

그러나 아무래도 그렇게는 안 될 모양이었다.

뜻밖에 반천오객의 반감이 심했다.

"우리를 너무 쉽게 보는군."

"우리를 쉽게 보는 게 아니라 우리 오독문의 절기들을 쉽게 생각하는 거겠지."

"똥이나 된장이나!"

"똥과 된장이 같냐, 이 밥통아!"

"아, 실수! '백마 궁둥짝이나 흰말 엉덩짝이나'를 얘기하려다가 그만 말이 헛나갔다."

"궁둥짝과 엉덩짝이 객지 나와서 고생한다, 니미……!"

"넌 좀 조용히 해라! 아무튼, 여러모로 우리를 우습게 보는 게 확실해."

"그러게. 지금 당장에 시작한다고 해도 언제 다 전해 줄지 몰라서 걱정이 태산인데, 어디로 가서 기다리라니 정말 너무하는걸?"

설무백은 전혀 그럴 의도가 없었는데 다들 그렇게 멋대로 생각하자, 은근히 부아가 치밀어 올랐다.

한마디에 열 마디로, 그것도 하등 쓸데없는 말을 섞어서 대꾸하는 반천오객의 태도가 못내 짜증스러워서 그런 걸지도 모른다.

하지만 아니라고 생각하면서도 자신도 모르게 오독문의 절기를 무시하고 있어서 그런 걸지도 몰랐다.

그는 애써 냉정을 유지하며 말했다.

"그럼 어디 한번 볼 수 있을까요, 그 대단한 오독문의 절기들을?"

분위기가 싸하게 변했다.

설무백이 그렇듯 반천오객도 못내 부아가 치밀고 오기가 생긴 것 같았다.

다만 반천오객은 설무백이 그랬듯 냉정을 잃지는 않았다.

그저 불쾌한 기색으로 바라볼 뿐이었다.

그러다가 성질 급한 무진행자가 나섰다.

"좋아, 우선 나부터 재미있는 걸 보여 주지!"

무언가 먼저 보여 주겠다고 나선 무진행자는 자신의 병기인 대감도를 뽑지 않았다.

대신에 검결지(劍訣指 : 검지와 중지를 모아서 뻗고 나머지 손가락은 오므리는 수법)를 지은 두 손을 가슴 앞에 세우며 무언가 주문 같은 것을 암송했다.

그러자 놀라운 일이 벌어졌다.

사방팔방에서 하다못해 땅바닥에서도 미미한 기척이 일어나더니, 온갖 종류의 동물들이 주변으로 몰려들기 시작했다.

시작은 엄청난 쥐떼였다.

그리고 이어서 여우와 오소리, 살쾡이, 사슴, 늑대가 나타나고 흔히 볼 수 없는 거대한 체구의 곰과 으르렁거리는 호랑이까지 나타나 주변을 맴돌았다.

"그럼 어디 나도!"

일견도인도 나섰다.

그가 무진행자와 같은 태도를 취하자, 이번에는 급격히 하늘이 어두워졌다.

엄청난 새떼가 몰려와서 하늘을 가리고 있었다.

"나도 질 수 없지!"

다음으로는 반면서생이 나섰다.

이번에는 온갖 종류의 개구리와 두꺼비, 각양각색의 뱀들이 모습을 드러냈다.

"이런……!"

웅얼웅얼 주문을 외던 반면서생이 문득 주변으로 다가온 청색의 뱀 한 마리를 냉큼 주워서 포대 같은 소매에 넣으며 좋아했다.

"묘강에서도 흔히 볼 수 없는 청린독각사(靑鱗獨角蛇)가 이런 곳에 있다니, 정말 횡재로군그래!"

청린독각사는 피부가 강철보다도 더 단단하고, 빠르기는 청솔모를 능가하며 지독한 극독을 지녀서 일단 물리면 거대한 황소도 서너 걸음을 떼기 전에 즉사시킨다는 독사 중의 독사라, 요물(妖物)로도 신수(神獸)로도 취급되는 뱀이었다.

반면서생은 그런 독사를 아무렇지도 않게 맨손으로 잡아서 품에 넣은 것이다.

그때.

"부럽다, 야."

소광동자가 정말 부럽다는 듯이 반면서생에게 한마디 하더니, 역시나 같은 자세를 취하며 설무백을 향해 히죽 웃었다.

"이런 곳에 우리 애들이 얼마나 있는지 모르겠다만, 어디 한번 해 보도록 하지!"

소광동자가 무언가 웅얼거리기 시작하자 개구리나 뱀 등의 비릿함과는 조금 다른, 그러면서도 그에 못지않은 비릿한 느낌이 부상하며 온갖 동물들이 몰려들어 있는 주변의 땅이, 그리고 사위가 거뭇거뭇하게 변해 갔다.

이내 바닥에는 개미를 비롯한 지네, 전갈 등 독충들이 기어오고, 윙윙 거리는 소리와 함께 사방에서 각종 벌들이 몰려들었다.

설무백은 너무나도 놀랍고 당황스러워서 뭐라고 할 말이 없었다.

이렇게 많은 금수와 곤충들을 보는 것은 살아생전 처음이었다. 이것을 사람이 불러 모았다고 생각하니 꿈이나 환상이 아닐까 싶을 정도로 정신이 다 몽롱해졌다.

먹구름처럼 하늘을 가득 매운 새들은 차치하고, 수백, 아니, 수천의 동물들과 수만, 수십만의 파충류들이 바글바글하는 와중에 그들이 사람들에게 달라붙지 않는 것은 물론, 서로 전혀 충돌하지 않고 있다는 사실이 더욱 충격적이었다.

이는 그 모든 금수와 파충류들을 반천오객이 완벽하게 제어하고 있다는 것을 의미했다.

설무백은 믿기지 않는 광경에 경악하면서 마지막 남은 한 사람인 묵면화상에게 시선을 돌렸다.

그러자 묵면화상이 검은 피부색으로 인해 유독 하얗게 빛나는 이를 드러내며 말했다.

"내게는 저런 재주가 없네. 대신에 나는 저것들이 가진 독을 몸으로 섭취했지. 덕분에 이렇게 묵인이 됐네. 분하게도 대성을 이루지 못했거든. 설마 자네도 다른 사람들처럼 내가 진짜 묵인이라고 생각한 건 아니겠지?"

반문 아닌 반문을 던진 묵면화상은 이내 두 팔을 벌려 보이며 부연했다.

"아무려나, 이렇듯 금수(禽獸)와 파충(爬蟲), 그리고 사람이 합쳐지는 것이 바로 조사이신 아능공(亞能公)께서 문을 열고, 선대의 전설이신 사대 오독문주 독왕(毒王) 유고(柳高) 어른이 완성한 오독(五毒)의 실체지, 그래서 오독문이라네."

그는 유독 하얗게 빛나는 이를 활짝 드러내며 재우쳐 물었다.

"어떤가? 이 정도면 자부심을 가져도 되지 않겠나?"

설무백은 진심으로 반천오객과 오독문을 인정했고, 그래서 그답게 미온한 미소를 보이며 말했다.

"다들 은신술은 가능하죠? 필히 사람들의 이목을 피해야 하는 고로, 그게 가능하다면 동행하기로 하지요."

성질 급한 무진행자가 물었다.

"그래서 이제 어디를 가는데?"

설무백은 돌아서며 대답했다.

"독한 여자를 만나러요."

설무백이 전생의 기억을 따라 찾고자 하는 천하의 인재들 중에서 신원이 파악된 열일곱 명 중, 세 번째 인물은 일묘(日猫)라는 별명을 가진 기녀였고, 네 번째 인물은 화양(花洋)이라는 이름의 벌목공이었다.

그러나 설무백은 열흘이나 이동해 일묘가 있다는 광서성(廣西省)의 성도 남녕(南寧)에서도, 다시 열흘이나 이동해 화양이 있다는 광동성(廣東省) 중부의 남곤산(南昆山)에서도 모두 허탕을 치고 말았다.

—일묘는 비구니들이 데리고 갔소. 벌써 열흘 전의 일이오. 그중의 하나가 먼 친척뻘이라든가, 아무튼, 보통 비구니들이 아니더구려. 기원에 상주하는 왈짜패들이 막아섰는데, 비구니 하나가 나서더니, 눈 깜짝할 사이에 십여 명이나 되는 왈짜패를 때려눕혀 버립디다.

화양도 일묘의 상황과 비슷했다.

—말도 마시오. 안 가겠다고 버티는 화영을 도우려고 여기 우리 애들이 나섰다가 아주 박살이 났소. 고작 비리비리하게 생겨 먹은 두 놈이 우리 애들 수십 명을 아주 가지고 놉디다.

덕분에 다들 지금까지 뻗어 있어서 보다시피 우리 벌목장은 휴업 상태요. 무슨 그런 작자들이 다 있는지, 이거야 원……!

일묘의 경우와 마찬가지로 화양의 경우도 상대가 누군지 아는 사람이 전혀 없었다.

그저 무공을 익힌 무서운 비구니들이었고, 사내들이었다는 말뿐이었다.

설무백은 아쉬웠지만, 포기했다.

반천오객이 약간의 시간을 주면 찾아낼 수 있다고 장담했으나, 그마저 거절했다.

그럴 수밖에 없었다.

물론 금수와 파충을 마음대로 다루는 반천오객이 나서면 나름 빠른 시일 안에 그들의 흔적을 찾을 수 있을 것이다.

하지만 그는 그렇게 소비되는 시간이 아까웠다.

일묘나 화양처럼 이와 비슷한 일이 나머지 다른 이들에게도 일어날 수 있었다.

행보를 서두르는 것이 좋았다.

설무백은 작금의 강호 무림이 겉으로 드러난 상황과 다르게 무언가 내밀한 구석에서부터 자신의 생각보다 빠르게 혹은 다르게 돌아가고 있어서 못내 마음이 조급해졌다.

"그냥 가죠."

"이번에 어디로?"

"우선은 복건성 구화산(九華山)입니다."

"우선……?"

"여기와 달리 복건성에서 찾을 사람은 세 명입니다."

"……그렇다고 치고, 구화산에선 누구를 찾나?"

"표독스러운 할머니와 사는 귀여운 꼬마 아가씨요."

"……저기, 싫다거나 뭐 그런 게 아니라 정말 궁금해서 그러는데……."

"……?"

"이들은 누구고, 자네는, 아니, 태상호법은 왜 이들을 찾으려고 하는 건가?"

"제게 독특한 사람들을 모으는 취미가 있습니다."

"……설명해 주기 싫다 이거지?"

"설명하기 싫은 게 아니라 설명하기 복잡하다, 이겁니다."

진실을 말하자면 복잡한 것이 아니라 사실을 말해도 반천오객이 믿지 않을 것이 불 보듯 뻔했기 때문이다.

믿기는커녕 아예 정신 나간 미친놈 취급을 하지 않으면 다행일 것이다.

자신이 지금 찾고 있는 이들의 장래를 알, 다가올 미래를 준비하기 위해 찾고 있다고 말하면 어떤 골 빈 사람이 그걸 믿겠는가.

다행스럽게도 반천오객은 더 이상 묻거나 따지지 않았다.

보기보다 속이 깊어서 언제고 설명해 줄 때가 있으리라고 기대하며 참는 것 같았다.

그래서 설무백은 별반 무리 없이 서둘러서 광동성 남곤산을 등지고 복건성으로 출발할 수 있었다.

이번 일로 길을 나선 지 어느새 세 달을 넘기고 있어서 못내 풍잔의 상황이 마음에 걸리긴 했으나, 크게 걱정하지는 않았다. 풍잔에는 누가 뭐래도 그가 믿는 사람들이 있었다.

우선은 풍잔의 식구들을 믿고 움직이며 무림의 동향을 살피는 것이 지금 그가 할 수 있는 최선이었다.

남북대전의 끝자락에서 맞이할 환란의 시대에 흔들리지 않고 굳건하게 대항할 수 있는 세력을 구축하려면 그가 찾고 있는 인재들이 절대적으로 필요했다.

지금은 풍잔의 식구들을 믿고 갈 수밖에 없었다.

이것이 설무백의 판단이자, 믿음이요, 기대였다.

그리고 천만다행이게도 그의 믿음과 기대는 조금도 어긋나지 않았다.

풍잔은 전에 없이 복잡하고 어수선한 시간을 보내고 있었으나, 전혀 흔들리지 않고 있었다.

⚜

"하다하다 이제는 애들까지 주워 오는 건가?"

제갈명은 설무백을 따라갔던 대력귀가 돌아왔다는 전갈을

듣고 서둘러 밖으로 나왔다가 대문 안에 바글바글한 애들을 보고는 절로 탄식했다.

애들을 다독이고 있던 남장 여인, 대력귀가 싸늘한 눈초리로 그를 노려보았다.

"주웠다는 그 말, 어디서 들어 본 것 같은데요?"

대력귀를 처음 만났을 때, 제갈명이 했던 말이었다.

내심 뜨끔한 제갈명은 재빨리 주변을 두리번거리는 시늉을 하며 말문을 돌렸다.

"주군은 안 오신 모양이네요?"

"아직 할 일이 남으셨다더군요."

"하면, 언제……?"

"그건 저도 모르죠."

대력귀가 딱 잘라 말했다.

"우선 애들부터 챙기죠? 잘 보살피고 면밀하게 신원을 파악해서 부모를 찾아 줘라. 이게 주군의 명령입니다."

제갈명은 어쩔 수 없다는 듯, 서둘러 몇몇 사내들을 불러서 애들을 맡겼다.

"일단 후원에 거처를 마련해 줘요. 주방 숙수들을 시켜서 먹을 것도 좀 내주고."

사내들이 애들을 데리고 갔다.

애들은 대력귀와 동행하는 동안에 그간의 불안을 떨쳐 냈는지 스스럼없이 사내들을 따라갔다.

제갈명이 멀어지는 애들을 바라보며 말했다.

"때마침 사나흘 내에 새로운 객청이 완성될 테니, 애들이 지낼 곳은 충분할 겁니다. 근데, 저 애들은 대체 누굽니까?"

대력귀가 대답할 사이도 없이 여기저기서 풍잔의 요인들이 하나둘씩 나타났다.

쌍괴, 환사와 천월이 공사가 진행 중이던 안채 쪽에서 달려 나왔고, 풍사와 천타 등이 밖에서부터 뛰어 들어왔다.

다들 어느새 대력귀가 돌아왔다는 소식을 듣고 허겁지겁 모여든 것이다.

대력귀가 제갈명의 질문에 대한 대답을 뒤로 미룬 채 환사와 천월에게 인사했다.

환사가 귀찮다는 듯 손을 내저으며 물었다.

"주군은?"

대력귀는 공손하게 대답했다.

아는 사람은 다 아는 사실이나, 그녀는 환사와 천월에게만 더없이 깍듯했다.

"아직 일이 안 끝나셨어요. 모르긴 해도, 금방 돌아오시지는 못할 것 같습니다."

환사 등이 아쉬운 표정으로 고개를 끄덕이는 가운데, 천월이 말했다.

"일전에 돌아온 사문 여아에게 검산의 일은, 아니, 이제는 태산파지. 아무튼, 그쪽 얘기는 들었다. 또한 뒷방에 주저앉은 북개방의 떨거지들을 통해서 최근에 벌어진 형문산의 사건도 들었고. 우리는 그것 때문에 걱정이 많았는데, 주군께서는 무고하시지?"

"어디 걱정뿐인가요?"

대력귀가 뭐라고 대답하기도 전에 제갈명이 나서며 심통 난 늙은이처럼 투덜거렸다.

"난리도 이런 난리가 또 어디에 있나 싶네요. 우리만이 아니라 세상이 온통 그 일을 떠들고 있으니, 이건 뭐 그냥……에구!"

열변을 토하던 제갈명이 자라목을 하며 움츠러들었다.

환사가 그의 뒷목을 잡고 눌렀기 때문이다.

"얘기 좀 듣자. 네 얘기 말고 쟤 얘기. 응?"

제갈명이 죽는 시늉을 하며 엄살을 폈다.

"예! 들어야지요! 어서 듣자고요! 그러니 어서 그 손 좀 어떻게……!"

환사가 그제야 제갈명의 뒷덜미를 놔주며 대력귀를 향해 흐흐거리며 웃었다.

"지금 안팎으로 조금 소란스럽긴 하다. 주군께서 형문파를 개작살냈다는 게 사실이냐?"

대력귀가 놀라서 물었다.

"오면서 이런저런 소문을 듣기는 했습니다만, 설마 그게 주군의 행사였다는 것이 벌써 알려진 건가요?"

"그건 아니고……."

누군가 뒤쪽에서 환사의 말을 가로챘다.

"잘생긴 외모에 지독하리만치 흉포한 심성을 가진 사내라고 해서 이백 년 전의 전설적인 기인인 옥면수라(玉面修羅)의 환생이니, 지옥문을 열고 나타난 흑포사신(黑布邪神)이니 등등 아주 흉흉한 소문이 세간에 돌고 있을 뿐이지만, 우리는 알지. 그게 주군이라는 걸 말이다."

예충이었다.

전에 비해 한결 신수가 훤해진 백사방의 이칠과 대도회의 팔비수 양의를 대동한 그가 그들이 모여 있는 풍장의 중정으로 들어서고 있었다.

대력귀는 그를 향해 공수하며 한시름 놓았다.

"저는 또 정말로 주군의 정체가 드러난 줄 알고 놀랐네요. 아직 갈 길이 멀다고 하셨는데, 정체가 드러나면 매우 곤란하실 거예요. 다들 입단속 좀 하셔야겠는데요."

제갈명이 말했다.

"이미 그러고 있으니, 그 점은 걱정하지 않으셔도 됩니다. 그보다 주군은 지금 어디 계십니까?"

대력귀는 머쓱하게 대답했다.

"저도 애들 때문에 형문산에서 발길을 돌렸으니, 지금 어디에 계신지는 몰라요."

사실은 안다.

설무백이 양피지의 내용을 확인할 때마다 그녀도 보았기 때문이다.

그러나 사실을 밝힐 수는 없었다.

지금의 태도로 봐서는 지금 당장이라도 쫓아갈 사람이 적지 않아 보였다.

제갈명이 정말 답답하다는 표정으로 물었다.

"아니, 대체 주군께서는 무슨 일로 이 혼란한 시기에 그리 먼 길을 도신다는 겁니까? 곁에서 봤으니 무언가 아는 것이 있을 것 아닙니까?"

장내의 모두가 초롱초롱한 눈빛으로 대력귀를 주목했다.

다들 내색은 삼가고 있었으나, 제갈명의 마음과 다르지 않았던 것이다.

그러나 대력귀도 딱히 뭐라고 해 줄 말이 없었다.

그녀 역시도 설무백에 들은 얘기라고는 추상적인 미래와 단편적이 소견이 전부였다.

그녀는 일거에 집중하는 눈빛들에 담긴 마음을 거부하지 못하고 말했다.

"주군께서는 지금 사람들을 구하고 있어요."

"설마 어린 애들을……?"

제갈명이 부지불식간에 한마디 했다가 그녀가 노려보자 조개처럼 입을 다물었다.

그녀는 다시 말했다.

"인재들을 구하고 있어요. 아니, 취하고 있어요. 제가 보기에도 제법 뛰어난 인재들이에요."

예충이 고개를 절레절레 흔들었다.

"지금 주군 곁에 있는 사람들, 우리 풍잔의 식구들만 해도 어지간한 문파는 찜 쪄 먹고도 남지. 모르는 일이긴 하나, 소림과 무당, 화산을 제외하면 구대 문파의 하나일지라도 절대 우리 풍잔을 쉽게 넘보지 못할걸?"

그는 알다가도 모르겠다는 듯 거듭 의문을 드러냈다.

"그런데도 인재들을 구한다? 정작 목하 대전 중인 남북의 싸움은 외면하고 있으면서 왜? 대체 무슨 이유로?"

대력귀는 잠시 생각하다가 좌중의 시선을 의식하고는 넌지시 아는 바를 말했다.

"주군이 그러더군요. 조만간 힘든 시기가 온다고."

장내의 모두가 무슨 말인지 모르겠다는 듯 미간을 찌푸리는데, 제갈명이 중얼거렸다.

"또 그건가 보네. 예지력."

장내의 모든 시선이 일거에 제갈명에게 쏠렸다.

제갈명이 찔끔해서 손사래를 치며 다급히 변명했다.

"왜요? 비꼬는 거 아니에요. 다들 들었잖아요. 주군이 미래를 보는 눈을 가졌다는 말? 기억 안 나세요들?"

장내의 모두가 그제야 기억났는지 난감하다는 듯 쓰게 입맛을 다시거나 멋쩍은 웃음을 흘렸다.

"저도 잘은 모르지만……."

대력귀는 혼란스러워하는 사람들의 모습을 보고 마음을 다잡으며 자신의 생각을 밝혔다.

"주군께서는 무언가 큰 그림을 그리시는 것 같아요. 다만 그게 어떤 그림인지는 당신 스스로도 아직 확실하지가 않아서 굳이 세세하게 설명하지 않는 것 같고요. 그래서 지금은 뭐랄까? 그 그림을 완성하기 위해서 도구를 구하는 중이랄까요?"

그녀는 전에 없이 픽 웃으며 말을 끝맺었다.

"제 느낌은 그렇다고요."

"아마 그게 맞을 겁니다."

제갈명의 동의였다.

저마다 나름의 방법으로 대력귀의 말을 이해하려고 들던 좌중의 시선이 대번에 그에게 쏠렸다.

그는 대수롭지 않게 어깨를 으쓱이며 부연했다.

"다들 아시잖아요? 주군은 늘 이랬어요. 확실하지 않으면 입 밖으로 내지 않으시죠."

짝-!

그때, 예충이 대뜸 손뼉을 쳐서 주위를 환기시키며 말했다.

"사실이 그렇다면 우리가 할 일은 따로 없군. 집안이나 지키고 제대로 가꿔야지. 주군께서 무슨 그림을 그리든 집안이 허술해서야 어디 완성시킬 수 있겠나."

환사가 천월을 보며 물었다.

"그런 건가?"

천월이 고개를 끄덕였다.

"그런 것 같군."

내내 한마디도 하지 않고 침묵하던 풍사가 이제 더 볼 것도, 들을 것도 없다는 듯 묵묵히 고개를 끄덕이며 천타의 어깨를 잡고 돌아섰다.

"우리는 가서 애들 훈련이나 마저 시키자."

환사가 천월의 등을 떠밀다 시피하며 풍사 등의 뒤를 따라갔다.

"구경 가자."

"참견하자는 거지, 너?"

천월은 입으로 투덜거리면서도 늘 그렇듯 거부하지 않고 환사를 따라나섰다.

예충이 그 모습을 보더니, 곁에 있는 이칠과 양의를 보며 누런 이를 드러냈다.

"우리도 질 수 없겠지?"

이칠과 양의가 흠칫하더니 매우 두려워하는 표정으로 말을 더듬었다.

"그, 그래야지요."

그 이유가 바로 다음에 드러났다.

"그럼 우리도 이만……!"

작별을 고한 예충이 그들, 두 사람과 어깨동무를 하고 돌아서며 말했다.

"가자, 수련하러!"

일련의 상황을 지켜보던 대력귀는 절로 머쓱해졌다.

생각이 난 김에 주제 넘는 것이라는 걸 알면서도 한마디 했을 뿐인데, 모두가 이리도 선뜻 이해하고 물러나니 놀랍기 이전에 당황스러워서 뭐라고 할 말이 없었다.

제갈명이 그런 그녀를 향해 넌지시 말했다.

"일종의 경쟁 같은 겁니다. 너도나도 잘하고 싶은 경쟁이죠. 어떻습니까? 제법 잘 돌아가고 있죠? 아까 들어서면서 보셨을 테지만, 이제 손님까지 받을 수 있을 정도로 풍잔의 모든 것이 안정을 찾아가고 있답니다."

대력귀는 절로 고개를 끄덕이다가 이내 애써 예의 시큰둥한 모습으로 돌아가서 말문을 돌렸다.

"그런데 어째 안 보이는 사람들이 있네요?"

제갈명이 바로 알아들으며 기다렸다는 듯 속사포처럼 빠르게 설명했다.

"금검령 철마립과 은검령 화사는 지금 순찰 중이고, 검산에서, 아니, 태산파에서 온 흑영이라는 친구는 오자마자 폐관수련에 들었습니다. 그리고 또…… 사문 여협은 이번에 새로 영입한 엄비연 여협과 함께 낼모레 다른 지역으로 이주한다는 매화장의 장주에게 인사치레를 하러 갔습니다."

대력귀는 말미의 설명이 적잖게 의외라서 물었다.

"매화장이라면 화산파의 분타격인 장원이라고 알고 있는데, 그들이 이주를 한다고요?"

제갈명이 히죽 웃으며 말했다.

"예, 감숙성 동쪽 끝자락에 붙은 환현부(環縣府)로 이주한다고 하네요. 아무래도 얼마 전에 남부 서화부(西和府)로 이주한 청운관의 영향이 컸나 봅니다."

매화장과 청운관은 일전에 봉문한 풍운관과 더불어 그나마 난주의 몇 안 되는 정도 세력들의 기둥이었다.

그런데 그들 중 하나는 벌써 이주했고, 다른 하나도 이제 이주한다고 한다.

그렇다면 이제 난주에 남은 정도 세력은 풍운관 하나인데, 그들은 이미 봉문한 상태로, 있으나마나한 존재이니 이제 명실공히 난주가 완벽하게 풍잔의 손아귀로 들어왔다는 뜻이었다.

대력귀는 픽 웃으며 말했다.

"자랑인가요? 나 이렇게 잘하고 있다는, 그런……?"

제갈명이 당연히 자랑이라는 듯 어깨를 으쓱하며 말했다.

"자랑은 무슨, 그저 그렇다는 겁니다."

대력귀가 물었다.

"어쨌거나 정도 세력을 난주에서 몰아내는 일인데, 뒤탈은 없을까요?"

제갈명이 자못 정색하며 단정했다.

"절대 없습니다."

"그리 장담하는 이유는요?"

대력귀가 묻자, 제갈명이 웃었다.

"까놓고 말해서 개들은 수십 년 전 과거에 어쩌다가 화산파와 청성파의 제자 아무개를 만나 그저 한 수를 얻어 배운 무기명제자가 세운 도장에 불과합니다."

"그래도……."

"'그래도'가 아니라 '그래서'죠. 그래서 개들은 자신들의 처지를 저쪽에 보고하고 무언가 도움을 청하려면 당시의 누가 누구에게 무엇을 배우고 전한 것인지를 먼저 세세하게 파 봐야 하는데, 이게 또 사실이 아닐 수도 있거든요."

"과연, 그렇겠네요."

대력귀는 절로 고개를 끄덕이며 인정했다.

강호 무림에는 그런 식으로 역사를 꾸미서 문을 여는 무관들이 적지 않다는 것을, 아니 흔하다는 것을 그녀는 익히 잘 알고 있었다.

제갈명이 그런 그녀에게 안심하라는 듯 한마디 더했다.

"게다가 봉문한 풍운관의 전례가 있지 않습니까. 불협화음 하나 없이 조용히 떠났고, 또 떠나고 있답니다."

"그렇군요."

대력귀가 새삼 수긍하자, 제갈명이 기다렸다는 듯 자못 거만한 태도로 불쑥 말했다.

"그러니 돌아가시면 주군께 잘 말해 주세요. 여기 일은 꿈에서조차 신경 쓰지 않으셔도 된다고 말입니다. 아, 하나 더! 그간 여기저기서 나온 이득금과 북평의 친구 분이 보내 준 자금으로 풍잔 인근의 땅을 지시하신 것보다 조금 더 샀다는 말도 전해 주세요. 식구도 늘고, 손님도 받고 하니, 확장이 불가피해서요. 하하하……!"

대력귀는 한 방 맞은 표정을 지으며 제갈명을 바라보았다.

"지금 나보고 다시 주군께 가 보라는 건가요?"

제갈명이 넉살 좋게 웃으며 말했다.

"바늘구멍 하나가 제방을 무너트리는 법이지요. 사소한 일이라도 심기를 건드리지 않는 것이 주군을 위하는 길이라는 게 저의 소신입니다."

말을 끝맺은 그는 정색한 얼굴로 한마디 더 덧붙였다.

"그리고 어차피 제가 가지 말래도 가실 거였잖습니까?"

대력귀는 말문이 막혀서 다시금 넉살 좋게 웃는 제갈명을 잠시 노려보다가 돌아서며 말했다.

"영내를 확장하려면 넉넉하게 해요. 이번에 데려온 애들이 다가 아닐 수도 있으니까."

수긍이고, 인정이었다.

그녀는 제갈명의 말마따나 다른 이유 없이도 설무백에게 돌아갈 생각을 하고 있었다.

"그런가요? 나름 규모를 넉넉하게 잡긴 했는데, 다시 한번 점검해 보도록 하지요."

제갈명이 대수롭지 않게 수긍하고는 이내 의미심장한 미소를 드러내며 넌지시 말을 건넸다.

"그리고 다른 사람들은 몰라도 제게는 말해 줘도 됩니다. 따라갈 용기가 없는 사람이거든요, 나는."

대력귀는 무슨 말인지 예리하게 알아들으며 픽 웃었다. 그리고 말해 주었다.

"대략 광서성 어디쯤 계시겠네요. 그쪽을 경유해서 광동성으로 가실 예정이었으니까요."

그녀가 눈으로 직접 확인한 양피지의 내용이었다.

그리고 실제로 그랬다.

그녀가 그렇듯 풍잔을 떠나기에 앞서 제갈명에게 밝힌 설무백의 행적은 정확했다.

그때 설무백은 광서성에 있었다.

그러나 정작 그녀는 나름 이동과 시간의 차이를 정밀하게 계산해서 도착한 광동성에서 설무백을 만날 수 없었다.

광서성과 광동성을 거치는 설무백의 행보에 그녀가 모르는 변수가 생겼기 때문이었다.

그래서 대력귀가 광동성의 모처인 벌목장에 도착해서 그와 같은 사정을 알았을 때, 설무백은 이미 복건성의 남부 끝자락에 자리한 구화산에 도착해 있었다.

구화산은 복건 제일을 다투는 명산답게 수십 개의 높은 봉우리들이 수많은 계곡을 이루며 요소마다 낭떠러지 절벽을 형성해 놓은 험준한 산이었다.

　신선들이나 살까 싶을 정도로 깊고 그윽하게 우거진 첩첩산중에서 고작 하나의 지명과 한두 줄로 이루어진 설명만 가지고 특정 장소를 찾아간다는 것은 제아무리 길눈이 밝은 설무백이라고 해도 쉬운 일이 아니었다.

　그래서였다.

　설무백 등은 이틀 내내 구화산의 영혼과 같은 수십 개의 계곡을 절반 이상이나 훑고 나서야 겨우 목적지인 쌍봉계(雙峯溪)를 찾아낼 수 있었다.

　계(溪)라고 해서 그저 냇물이 흐르는 계곡인 줄 알고 찾아 헤맸더니, 사실은 그게 아니었다.

　냇물은 아래에 있었고, 쌍봉계는 위에 있었다.

　높은 협곡에 두 개의 봉우리 사이를 연결하는 구름다리가 바로 쌍봉계였다.

　쌍봉계는 협곡의 이름이자, 그 협곡을 가로지르는 구름다리의 상징이기도 했던 것이다.

　'고약한 늙은이 같으니라고!'

　밤늦은 시간, 어둡고 험악한 산길을 고작 공야무륵이 밝힌 횃불 하나에 의지해서 헤매다가 겨우 쌍봉계를 찾아낸 설무백은 절로 쓰게 웃었다.

쌍봉계의 명칭이 협곡을 가로지르는 구름다리를 의미한다는 것을 빼놓은 것은 어디 한번 고생 좀 해 보라는 막 장로의 장난으로 보였다.

설무백이 그런 생각을 하며 쌍봉계를, 바로 구름다리를 살피는 사이, 약속대로 산중을 헤매는 동안에도 모습을 감추고 있던 반천오객이 암중에서 숙덕거렸다.

"떨어지면 가겠는 걸?"

"가긴 어딜 가?"

"개떡같이 말해도 찰떡같이 좀 알아들어라. 저기서 떨어지면 뼈도 못 추리겠다고!"

"개떡같이 말하면 개떡같이 알아듣는 거지, 어떻게 찰떡같이 알아듣나, 이 밥통아!"

"개떡 찰떡 밥통이 객지 나와서 고생한다, 니미……!"

설무백은 구시렁거리는 반천오객의 대화를 그냥 무시하며 구름다리를 살폈다.

어느새 익숙해진 것인지, 이제 그들의 수다가 그다지 거슬리지도 않았다.

말 그대로 천 길 낭떠러지에 걸쳐 있어서 아래가 전혀 보이지 않는 구름다리는 이쪽과 저쪽에 각기 두 개의 쇠기둥을 박고, 굵은 밧줄 네 개를 위아래로 지탱해 바닥에 나무판을 엮어 붙인 것이었는데, 얼핏 봐도 길이기 무려 백여 장 이상 되어 보였다.

'돌아가는 길이 없진 않겠지만…….'

돌아가는 시간이 아까워서라도 발길을 돌릴 생각은 전혀 들지 않았다.

설무백은 다른 생각을 접고 협곡의 거센 바람에 춤을 추듯 흔들리는 구름다리로 들어섰다.

공야무륵과 슬며시 모습을 드러낸 혈영과 사도, 그리고 반천오객이 그의 뒤를 따랐다.

구름다리는 보기보다 더 튼튼했다.

그리고 무엇보다 그들은 돌아가는 수레바퀴 안에서도 중심을 잃지 않을 정도의 신법을 익힌 고수들인지라 이내 별 탈없이 구름다리를 건너갔다.

구름다리 건너편은 좁은 길로 이어져 있었고, 그 좁은 길을 따라 조금 나아가자 한순간 시선이 트이는 제법 넓은 공간이 나타났다.

구름다리에서부터 들어서는 길목을 제외하면 깎아지른 절벽이 마치 병풍처럼 둘러싸여 있어서 마치 천연의 요새처럼 느껴지는 공간이었다.

그리고 거기 안쪽, 절벽과 붙어서 작은 초가집이 한 채가 덩그마니 자리해 있었다.

주변의 경관과 잘 어울려서 정말이지 신선이 살고 있을 것 같은 초가집이었는데, 그 앞마당에는 나이를 짐작하기 어려운 꼬부랑 노파 하나가 쪼그리고 앉아서 화톳불을 살피고 있었다.

반천오객이 숙덕거렸다.

"이런 곳에 사람이 살고 있다니 신기하네."

"나는 그보다 재……가 아니라, 태상호법이 이런 곳을 알고 있다는 게 더 신기하다."

"나도."

"신기가 있나?"

"신기가 객지에 나와서……!"

일순, 숙덕이던 반천오객이 조개처럼 입을 다물었다.

공야무륵은 말할 것도 없고, 그들과 같이 모습을 드러내고 있던 혈영과 사도도 한껏 긴장한 기색으로 변했다.

화톳불을 살피던 노파가 슬쩍 고개를 들어서 그들을 쳐다보자 그렇게 되었다.

당장 고꾸라져서 죽어도 전혀 이상하게 보일 것 같지 않은 꼬부랑 노파의 눈빛에는 그처럼 그들을 긴장하게 만드는 기세가 담겨져 있었다.

그 상태로, 노파가 칼칼한 목소리로 짧게 물었다.

"뉘신가?"

설무백은 슬쩍 손을 들어서 일행을 그 자리에 세워 두고 홀로 앞으로 나서서 더없이 정중하게 포권의 예를 취했다.

"설무백이라고 합니다. 괜찮으시면 저와 잠시 얘기 좀 나누시겠습니까?"

쭈그렁 노파가 주름진 눈가와 별개로 예리하게 빛나는 눈초리로 그의 전신을 훑어보고는 이내 의외라는 표정을 드러내며 말했다.

"이틀 전부터 인근을 헤매는 자들이 보여서 혹시나 귀찮은 일이 생길까 우려는 했지. 그래, 무슨 일로 세상 등지고 사는 이 늙은이를 찾아온 겐가?"

설무백은 정중하고 솔직하게 단도직입적으로 말했다.

"오해 마시고 들어 주십시오! 담태파야(譚太婆爺). 저는 요미(妖迷)를 데리려 왔습니다!"

흑포사신黑布死神 (5)

꼬부랑 노파, 담태파야의 안색이 굳어지고, 눈빛이 차가워지며 한기가 일었다.

주변의 공기가 서릿발이 내린 새벽처럼 싸늘하게 변했다.

"이 늙은이를 아는 것도 놀라운데, 우리 요미까지 알고 있다는 건 실로 거북하군. 네놈은 누구냐? 거짓으로 기만하려 든다면 경을 칠 테니, 바른대로 고하거라!"

설무백은 변함없이 정중한 태도로 대답했다.

"말씀드렸다시피 저는 설무백이라는 무명소졸입니다. 다만 우연찮게 얻은 기연으로 말미암아 약간의 천기(天機)를 읽는 재주를 지닌 바, 이렇게 찾아왔습니다."

"천기를 읽는 무명소졸이라? 오래 살다보니 별 해괴망측한 소리도 다 들어 보는구나. 큭큭……!"

담태파야이 이가 없어서 오이지처럼 움푹 들어간 입술을 주억거리며 웃고는 이내 싸늘하게 재촉했다.

"헛소리 집어치우고, 어서 제대로 밝히거라! 네놈이 어찌하여 나와 요미를 아는 게냐?"

설무백은 어디까지나 태연하면서도 정중하게 대답했다.

"천기를 읽었다고 말씀드리지 않았습니까. 그리 믿으시면 됩니다."

말 그대로 믿거나 말거나였다.

천기를 읽고 찾아왔다는 말을 믿지 않는 사람이라면 미래를 알기 때문에 찾아왔다는 말은 더더욱 통하지 않을 것이다.

그는 단호하게 마음먹으며 다시 말했다.

"부탁드립니다. 요미를 제게 맡겨 주십시오. 이는 저만을 위한 일이 아니라 해묵은 담태파야의 고충을 덜어 드리는 일이기도 한 일입니다."

당장이라도 폭발할 것 같던 담태파야의 표정이 이 말을 듣고 슬며시 누그러졌다.

무언가 느낀 것이다.

그녀는 새삼 강렬해진 눈빛 속에 더할 수 없는 의혹을 가지고 그를 직시했다.

"내 고충을 더는 일이라고?"

"예, 그렇습니다."

"어찌하여 그리 생각하는 것이냐?"

설무백은 추호도 망설이지 않고 답변했다.

다만 입으로 하는 말이 아니라 전음으로였다.

-이제 천수를 다하시어 귀천하실 날이 멀지 않음을 스스로가 익히 잘 아시지 않습니까. 그런 마당에 영민한 무재를 만났다 하여 대뜸 전진사가(全眞邪家)의 대통을 잇게 하신 것은 너무나도 과하고 무리한 처사셨습니다.

담태파야의 눈이 경악과 불신으로 크게 떠졌다.

설무백은 그에 아랑곳하지 않고 단호한 태도로 계속 전음을 보냈다.

-요미의 나이, 이제 고작 충년(沖年 : 10살)을 조금 넘어섰을 뿐입니다. 담태파야께서 가시면 그 어린아이가 홀로 세상에 버려지게 됩니다. 그리고 세상에는 세상물정 모르는 그 아이를 다독이며 올바른 길로 인도할 선인보다 기만과 권모술수로 그 아이의 가공할 재능을 탐하고 이용하려는 악인이 더 많습니다. 진정 그 아이가 일찍이 바른 길로 들어서지 못하고 엇나간 담태파야와 같은 길을 걷게 하시렵니까?

담태파야는 바로 신문(神門)과 사문(邪門), 마문(魔門)의 세 개 종파의 합일로 이루어진 전설의 문파인 전진도문(全眞道門)의 후예로, 전진사문의 계승자이다.

그러나 불과 이십 년 전까지만 해도 강호 칠대 악인의 하나로 악명이 자자했던 요녀 구유차녀(九幽叉女) 담요(談妖)였다.

설무백은 입을 다문 채 그저 무심히 그녀를 바라보며 그녀의 말을 기다렸다.

이제 그가 할 말은 더 이상 없었다.

이윽고, 평정을 되찾은 담태파야가 전음으로 물었다.

─네가 그 많고 많은 악인들 중의 하나가 아니라는 것을 내가 어찌 믿을 수 있을까?

설무백은 자신의 생각 그대로 솔직하게 대답했다.

─아쉽게도 저 역시 선인이 아닙니다. 제 손에는 이미 많은 피가 묻어 있고, 앞으로 더 많은 피를 묻힐 작정입니다. 하나, 이것 하나만큼은 분명하게 말씀드릴 수 있습니다. 요미의 손에 피가 묻는다면 그건 분명히 사람을 죽이기 위해서 묻히는 피가 아니라 살리기 위해서 묻히는 피일 겁니다.

담태파야가 잠시 가만히 그를 바라보다가 이내 지팡이를 딛고 힘겹게 자리에서 일어나며 중얼거렸다.

"힘을 가진 자가 굳이 힘을 쓰지 않고 부탁한다는 것은 상대에게 믿음을 주는 중요한 요인 중의 하나이긴 하지."

그녀는 칠대 악인 중 하나이기 이전에 전설의 문파인 전진도문의 일맥을 이은 후예답게 설무백과, 그와 동행한 사람들이 상당한 경지를 이룬 무인임을 이미 알아보고 있었다.

그래서 현실을 직시하며 인정하는 그녀의 말은 호의로 해석될 수 있었다.

그러나 그녀는 그걸로 끝나지 않았다.

주름이 자글자글한 입가에 뜻 모를 미소를 머금은 그녀는 잠시 물끄러미 설무백을 바라보다가 불쑥 말했다.

"그것으로 네 말이 진실이라고 치면, 이제 남은 문제는 하나인 게야. 과연 너에게 우리 아이를 다룰 수 있는 역량이 있는지 말이다."

설무백은 대번에 그녀의 말을 이해했으나 상황이 그보다 더 빠르게 돌아갔다.

느닷없이 장내가 어두워졌다.

초가의 문에서 새는 불빛과 마당에 펴진 화톳불, 그리고 공야무륵이 들고 있는 횃불이 일시에 꺼져 버릴 것 같은 상황이었다.

그러나 그 어느 불도 꺼지지 않았다.

난데없이 장내에 먹장구름 같은 안개가 깔려서 사람들의 시야를 가렸다.

사이한 기운이 물씬 풍기는 검은 안개였다.

동시에 누군가가, 아니 형체를 정확히 알 수 없는 무엇인가가 진한 요기를 발하며 그 속에서 튀어나왔다.

공야무륵이 본능처럼 빠르게 뽑아 든 도끼를 반사적으로 휘둘렀다.

"멈춰!"

설무백은 놀라서 소리쳤다.

담태파야와 전음으로 대화를 나눈 그는 어떤 상황이 벌어질

지 어느 정도 예측할 수 있었기 때문이다.

하지만 이미 늦었다.

공야무륵이 갑자기 변한 환경 속에서 사기로 뒤덮인 어두운 공간 속에서 살기보다도 진한 요기를 발하는 무언가가 급작스럽게 덮치는 바람에 본능을 뛰어넘는 반응으로 반격을 가한 것이었다.

그것이 무엇인지는 몰라도, 좋지 않은 의도를 가지고 있는 것이 분명했기에 그의 손 속에는 추호의 망설임도 없었고, 그래서 또한 더없이 빨랐다.

공야무륵이 설무백의 외침을 듣고 반응하려고 할 때는 이미 그의 도끼인 양인부가 쇄도하는 무언가를 파고든 다음이었다.

"어?"

공야무륵이 당황하는 그때, 더욱 당황스러운 일이 그에게 벌어졌다.

휘릭-!

무언가의 형체를 파고들었다고 생각한 그의 양인부가 헛되이 공기를 갈랐다.

분명 무언가가 덮친다고 생각했는데, 아니 정말로 무언가가 덮쳤는데, 막상 아무것도 없는 빈 공간인 것이다.

그러나 설무백은 공야무륵과 달리 그 순간에 벌어진 상황을 놓치지 않았다.

공야무륵이 휘두른 양인부가 검은 대기를 파고드는 순간과 동시에 검은 안개가 뭉친 것 같은 사람의 형체가 빠르게 뒤로 물러나는 것을 그는 볼 수 있었다.

'벌써 전진사가의 절대사공을 저 정도 경지까지……?'

설무백은 자신의 걱정이 기우에 불과했다는 것을 인식하며 재빨리 명령했다.

"놓쳤다! 잡아라!"

공야무륵은 갑작스럽게 돌변한 명령에도 망설임 없이 전방에 펼쳐진 어두운 대기 속으로 뛰어들었다.

비록 눈으로 보지는 못했지만, 분명히 무언가 있다는 느낌을 그도 느끼고 있었다.

번쩍-!

공야무륵이 뛰어든 어둠 속의 대기가 십자로 베어졌다.

순간적으로 그가 시전한 부법의 절초였다.

하지만 이번에도 역시나 그의 양인부에 걸리는 것은 아무 것도 없었다. 대신에 어두운 대기 속에 뭉쳐 있는 검은 형체가 낭랑한 비아냥거림을 흘렸다.

"아저씨는 안 돼. 무식하게 힘만 세지, 너무 늦어."

그러나 공야무륵은 무식한 사람이 절대로 아니었다.

싸움에 대한 승패를 떠나서 그보다 뛰어난 감각과 판단력을 지닌 사람도 없었다.

설무백은 그것을 익히 잘 알고 있었기에 앞서 어둠에 섞여 있던 검은 형체가 미끄러지듯 그의 양인부의 서슬을 피해서 물러나는 것을 정확히 보았음에도 입을 다물고 있었다.

그간 비약한 공야무륵의 실력도 궁금했지만, 검은 형체의, 바로 요미의 능력이 어느 정도인지 가늠해 볼 요량이었다.

공야무륵은 상대인 요미의 사이한 수법에 매우 경각심을 가진 모양이었다. 그는 요미의 비아냥거림에도 흔들리지 않고 또 하나의 도끼인 길쭉하고 뾰족한 낭아부를 꺼내 들더니, 지그시 눈을 감았다.

혼란스러운 시각을 배제한 채 전적으로 전신의 감각에 의지해 요미를 상대하겠다는 뜻으로 보였다.

요미는 그런 그의 대응이 신기했는지 공야무륵에게 관심을 보이며 지근거리로 다가섰다.

허공에 두둥실 떠 있는 어둠의 덩어리, 요미의 실체가 서서히 윤곽을 드러냈다.

바람에 나풀거리는 흑의나삼을 걸친 묘령의 여인이었다.

다만 무슨 사공이기를 펼치고 있는지는 몰라도, 두 눈은 검은 동자가 없는 백색이었고, 살갗은 마치 얼음처럼 반투명해서 사람이라기보다 차라리 옥으로 깎아 놓은 조각상을 보는 것 같았다.

물론 그마저 요미의 전정한 본색은 아닐 것이다.

설무백의 계산상으로 요미의 나이는 이제 고작 십여 살에 불과했다. 그러니 옥으로 다듬은 것 같은 숙녀의 모습은 무언가 색다른 형태의 호신공일 가능성이 높았다.

그때, 바로 여인이 모습으로 변한 요미가 공야무륵에게 지근거리로 다가선 그 순간, 공야무륵이 쾌속하게 두 손의 도끼를 교차하며 섬광을 일으켰다.

번쩍!

요미가 순간적으로 검은 형체로 변하며 물러났다.

섬광을 뿌리는 공야무륵의 양인부와 낭아부가 어둠에 싸인 대기를 연달아 베어 갔다.

걸리는 것이 아무것도 없음에도 불구하고 그는 멈추지도, 쉬지도 않고 어지러울 정도로 빠르게 두 손의 도끼를 놀렸다.

얼핏 보면 아무런 격식도 없고, 그 어떤 목적도 없이 그저 화가 나서 마구잡이로 휘두르는 것처럼 보였으나 실상은 전혀 그렇지 않았다.

이내 그것이 밝혀졌다.

검은 형체로 변해서 그의 양인부와 낭아부의 서슬을 요리조리 잘도 피하던 요미가 어느 한순간 더 이상 피하지도, 움직이지도 못하게 되었다.

그럴 수밖에 없는 것이 그녀는 어느새 절벽에 등을 대고 있었고, 공야무륵의 양손에 들린 도끼, 양인부와 낭아부가 각기 그녀의 좌우를 막고 있었다.

공야무륵의 도끼질은 맹목적인 것이 아니라 토끼몰이처럼 그녀를 절벽으로 몰았고, 끝내 그녀를 가두는 데 성공한 것이다.

동시에 두 눈을 번쩍 뜬 공야무륵은 검은 덩어리 같은 형체인 요미의 두 눈을 직시하며 누런 이를 드러냈다.

"잡았다, 이놈!"

공야무륵이 자신하는 그때였다.

검은 덩어리 같은 형체의 요미가 앞서 설무백이 확인한 것처럼 백색의 두 눈과 얼음처럼 반투명한 피부를 가진, 마치 옥으로 깎아 놓은 조각상처럼 보이는 여인의 모습으로 변했다.

그리고 두둥실 허공에 떠 있는 상태 그대로 배꼽을 잡으며 까르르 웃었다.

"무식해. 늦어. 이 정도로는 나를 잡을 수 없어. 킥킥……!"

공야무륵이 살기를 드높이며 슬쩍 설무백을 돌아보았다.

어떡하면 되냐는 질문의 눈빛이었다.

요미의 비웃음을 듣고도 충만한 살기를 잘 억누르고 있는 그의 모습만 놓고 보아도 지금의 그가 전에 비해 얼마나 비약했는지 쉽게 알 수 있었다.

설무백은 대답 대신 담태파야에게 시선을 주었다.

그 역시 묻고 있었다.

담태파야가 코웃음을 치며 그를 외면했다.

"요미를 다룰 수 있는 역량을 본다고 했다! 다룰 수 없다면 포기해라!"

설무백은 담태파야와 시선을 마주한 채로 공야무륵을 향해 명령했다.

"죽여라!"

공야무륵이 즉각 수중의 도끼를 좌우로 교차해서 십자의 섬광을 그렸다.

· 가차 없는 살수였다.

상대, 요미가 고작 십여 살 가량의 어린 계집애라는 사실을 알았다면 아무리 살기가 짙은 그라도 약간의 망설임을 보였을지 모른다.

그러나 그러한 사실을 전혀 모르는 그에게 지금 마주한 눈앞의 상대 요미는 그저 괴이한 사술을 쓰는 요물에 불과했기 때문에 하등 망설일 이유가 없었다.

그런데 그 순간, 다시금 놀라운 상황이 벌어졌다.

공야무륵의 양인부와 낭아부가 옥으로 만든 여인의 조각상처럼 생긴 요미의 허리를 정확히 양단하는 순간이었다.

폭-!

둔탁하거나 섬뜩한 소음 대신 미미한 소리가 울렸고, 피가 튀는 대신에 요미의 신형이 물거품이 터지듯 그 자리에서 사라졌다. 그리고 까르르 웃은 요미의 낭랑한 목소리가 사방팔방에서 들려왔다.

"굼벵이 같은 아저씨 실력으로는 안 된다니까. 킥킥……!"

물러나서 지켜보고 있던 사도가 칼자루를 잡고 나섰다.

"환술(幻術)!"

그러나 혈영이 본능처럼 내민 손으로 반쯤 뽑힌 사도의 칼을 다시 칼집에 넣으며 말했다.

"주제 파악 좀 해라! 네 도움이 필요할 정도로 그는 약하지 않다!"

사도가 물러났다.

혈영의 판단이 옳았는지 아닌지는 몰라도, 요미가 물거품처럼 사라진 그 순간에 공야무륵은 전혀 당황하거나 놀라지 않았다.

오히려 매우 흥미롭다는 듯 씩 하고 웃으며 쌍도끼를 다시 제대로 잡았다.

투지를 불태우는 모습이었다.

"동영(東瀛)의 인술(人術) 같은 건가?"

담태파야가 그의 말을 듣고는 발끈했다.

"사마이공의 최고봉인 사천미령제신술(死天迷靈制身術)을 한낱 동영의 인술과 비교하다니, 대가리가 썩은 놈이구나!"

공야무륵이 무언가 반응을 보이기도 전에 뒤쪽에서 옹기종기 모여 있던 반천오객의 입에서 동시에 탄성이 흘러나왔다.

"전진도문!"

"구현기(九玄氣)다!"

반천오객은 세상이 좁다하고 강호를 활보하던 풍진기인들답게 사천미령제신술이 현문이학(玄門異學)의 정수만을 추렸다는 전진도문의 절대무학인 구현기의 하나임을 알고 있었다.

그러나 공야무륵은 그들의 탄성을 듣고도 전혀 동요하지 않고 냉소를 날렸다.

"현문이학이든, 좌도방문(左道傍門)이든 기본적인 맥락은 동영의 인술처럼 상대의 시야를 어지럽히고 정신을 산란하게 만들어서 허점을 노리는 환술이 핵심 아닌가?"

그리고 말을 다 끝내기도 전에 밤하늘에 높이 떠올라 그대로 먹이를 발견하고 날개를 접은 매처럼 수직으로 떨어져 내렸다.

쩌쩡—!

묵직한 금속성이 터졌다. 수직으로 하강하던 공야무륵의 가슴 앞에서 기울어진 십자처럼 교차하고 있던 양인부와 낭아부가 그대로 바닥에 박혀 들어 일어난 소리였다.

그와 동시에 장내를 잠식하고 있던 검은 안개가 거짓말처럼 사라졌다.

그러자 요미의 모습이 드러났다.

한쪽 무릎을 꿇고 상체를 숙이고 있는 공야무륵의 두 손, 어긋난 십자처럼 교차한 상태로 지면에 박힌 두 개의 도끼, 양인부와 낭아부 사이에는 어린 본래의 모습으로 돌아가 하늘을 바라보는 상태로 누워 있는 요미의 목이 걸려 있었다.

사천미령제신술로 다른 사물과 동화되기 직전에 요미가 공야무륵의 빠르고 감각적인 일격에 여지없이 사로잡혀 버린 것이다.

"……!"

본래의 어린아이 모습으로 돌아간 요미는 도무지 현실을 인정하지 못하는 모습이었다.

그녀는 창백한 얼굴, 경악과 불신에 찬 눈빛을 드러내며 부들부들 몸을 떨고 있었다.

공야무륵은 아무렇지도 않게 그런 요미를 바라보며 누런 이를 드러냈다.

"꼬마야, 아직도 굼벵이로 보이냐, 나?"

"물러나라!"

담태파야가 상황을 이해하고 판단하기 위한 찰나의 시간이 지나기가 무섭게 버럭 고함을 지르며 요미를 제압하고 있는 공야무륵을 향해 손을 뻗었다.

치릿-!

짧게 뻗어 낸 그녀의 손끝을 따라서 소리 없는 공기의 파동이 일어났다.

음경(陰勁) 또는 침투경(浸透勁) 계열의 무공, 기의 이동을 거의 느낄 수 없어서 약간의 방심만으로도 어떻게 당하는지도 모르고 살해당할 수 있는 비기인 무형장(無形掌)이었다.

시종일관 침착함을 고수하던 그녀도 어린 제자의 위험 앞에서는 이성을 잃으며 대뜸 살수를 전개해 버린 것이다.

설무백은 한눈에 사태를 파악했으나, 그저 무심하게 바라볼 뿐, 나서지 않았다.

벌써 나서는 사람이 있었다.

혈영이었다.

그는 순간적으로 몸을 날려서 공야무륵과 담태파야의 사이에 끼어들어 그의 칼을 수직으로 내려쳤다.

짧은 삭도(削刀)가 담태파야의 무형장을 여지없이 반으로 갈라서 소멸시켰다.

"흥!"

혈영의 머리 위에서 담태파야의 코웃음이 터졌다.

혈영이 무형장을 막아 내는 사이, 그녀가 순간적으로 솟구쳐서 그를 뛰어넘어 가고 있었다.

"가소롭게도……!"

혈영의 머리를 가로지르는 그녀의 손이 재차 공야무륵을 향해 뻗어졌다.

그런 그녀를 막아서는 칼이 있었다.

사도였다.

펑―!

폭음이 터졌다. 담태파야의 장력이 무산되는 소리였다.

격돌의 여파에 밀려 나간 사도가 중심을 잃고 바닥으로 추락했다가 돌바닥에 떨어진 콩처럼 튀어서 옆으로 이동했다.

퍼벅―!

묵직한 타격음이 터지며 사도가 추락했던 자리가 흙먼지를 일으키며 움푹 파였다.

담태파야가 거듭 날린 무형장이었다.

잠시 주춤했을 뿐, 별다른 타격을 받지 않은 그녀가 재차 장력을 날려서 지상으로 추락한 사도를 노렸던 것이다.

"쥐새끼 같은 것들이, 감히……!"

담태파야가 이를 갈았다.

그녀의 두 눈이 광망으로 이글거리며 비녀로 올린 백발머리 한 올, 한 올이 풀어져서 하늘로 뻗치고 있었다.

자신의 뜻과 달리 공격이 계속해서 막히자, 광분하며 전신의 공력을 끌어 올리는 모습이었다.

결국 냉정하게 사태를 주시하고 있던 설무백은 이번만큼은 나서지 않을 수가 없었다.

그대로 두면 그게 누구든 크게 다칠지도 모를 상황이었다.

"요미를 다룰 수 있는 역량을 가졌는지 보는 것이라고 하지 않으셨습니까."

순간적으로 담태파야의 앞을 막아서며 반문한 설무백이 차갑게 말했다.

"그게 사실이라면 그만두시죠?"

담태파야가 이글거리는 눈으로 그를 쏘아보며 고개를 저었다.

"아직이다! 어린 마음에 당황해서일 뿐, 요미는 그 누구에게도 저리 쉽게 제압당할 아이가 아니다!"

설무백이 담담하게 대꾸했다.

"어린 마음에 당황하는 것도 지닌 바 역량을 판가름할 때 따져야 하는 중요한 부분이지요. 역으로 말해서 제 수하가, 혹은 제가 그래서 요미를 잡지 못한다면 당연히 역량이 부족한 것일 테고요. 안 그렇습니까?"

담태파야가 태세를 거두었다.

그녀의 모습이 빠르게 변해 갔다.

광망으로 가득 찼던 눈빛이 누그러지고, 하늘로 치솟던 머리카락도 서서히 가라앉았다.

얼굴에 감도는 푸른빛은 여전해서 아직 감정이 다 식은 것 같지는 않았으나, 최소한의 이성은 되찾은 모습이었다.

그 상태로, 그녀는 공야무륵이 제압하고 있는 요미를 지그시 바라보며 냉정하게 소리쳤다.

"두려워 말고, 기억해 내거라, 요미야! 사천미령제신술은 천하의 그 어떤 사물과도 동화될 수 있으며, 너는 이미 그런 궁극의 경지에 다가서 있다!"

요미가 그녀의 말을 듣고 무언가를 깨달은 것 같았다.

아니, 담태파야의 말이 사실이라면 당황해서 잊고 있던 기억을 되살린 것일 터였다.

문득 빙그레 웃은 요미가 마치 물속에 잠기듯 땅속으로 스르르 잠기며 사라졌다.

흙과, 바로 대지와 동화되어 버린 것이다.

사위가 다시금 몰려든 검은 안개로 인해 어두워졌다.

그리고 또다시 사방팔방에서 요미의 낭랑한 목소리가 울려 퍼졌다.

"봐, 느리잖아. 조심해. 이제 죽인다. 아니, 죽이기 전에 팔부터 잘라야겠다. 아까 좀 놀랐거든, 그 도끼질에. 킥킥……!"

공야무륵은 손을 털며 일어나서 설무백을 바라보며 머리를 긁적였다.

코앞에서 사람이 땅속으로 잠겨 사라져 버리는 천하의 기사를 목도했음에도, 그리고 그 기사의 주인공에게 죽이겠다는 협박을 들었음에도 그는 놀라거나 당황하는 것이 아니라 그저 놓쳐서 무안하다는 기색이었다.

그때 담태파야가 기고만장해진 표정으로 설무백을 바라보며 물었다.

"자, 이제 어쩔 테냐?"

설무백은 특유의 미온한 미소를 지으며 전음으로 대답했다.

─지금 다시 생각해 보니, 담태파야께서 가시는 그날까지라도 저 애 곁에 있어 주셔야겠네요. 아무래도 몸만 자라고 정신은 아직 미숙한 애라서 어떻게 잡아 놔도 감당하기가 쉽지 않겠습니다.

담태파야가 이건 대체 무슨 수작이냐는 듯 매서운 눈초리로 설무백을 노려보았다.

설무백은 태연하게 대답을 재촉했다.

─지내실 만한 거처는 제가 따로 마련해 드릴 테니, 그래 주실

수 있죠?

담태파야가 주름진 입가를 한껏 일그러트리는 미소를 지으며 대답했다.

"자신은 만만하다만, 과연 네게 저 아이를 잡을 수 있는 재주가 있는지 모르겠구나."

어디 한번 두고 보자는 식의 대답이었다.

아무리 말을 번지르르하게 해 봤자, 정작 요미를 제대로 상대할 수는 없을 것이라는 확고한 믿음이 그녀에게 있는 것 같았다.

그게 요미에 대한 믿음인지 아니면 요미가 익힌 구현기 중 하나인 사천미령제신술에 대한 믿음인지는 잘 모르겠지만 말이다. 그러나 그녀와 전혀 다른 생각으로 언쟁을 벌이는 사람들이 있었다.

바로 뒤쪽에 옹기종기 모여 앉아서 사태를 관망하는 반천오객이었다.

"네 수 본다!"

"명색이 전진도가가 천하에 자랑하던 구현기의 하나인데, 네 수는 좀 너무했다. 난 다섯 수 본다!"

"장난 치냐? 다섯 수나 네 수나 뭐가 다르냐? 나는 완전히 다르게 정확히 세 수 본다!"

"야, 퍽이나 완전히 다르게 본다! 네 수와 세 수 차이는 다섯 수와 네 수의 차이랑 얼마나 달라서? 나야말로 완전 다르게 두 수다!"

"야야, 구현기 체면도 생각해 줘야지! 두 수는 너무 하잖아!"

"아나, 구현기가 객지 나와서 고생한다, 니미……!"

뒤늦게 그들의 내기가 무엇을 말하는 것인지 알아들은 담태파야가 이마에 핏대를 세웠다.

"늙은 것들이 찢어진 입이라고 함부로 지껄이는구나! 이제 살만큼 살았다고 그만 죽고 싶은 게냐!"

성마른 그녀의 으르렁거림과 상관없이 히죽 웃은 소광동자가 손바닥을 내밀었다.

"젠장!"

"니미……!"

나머지 네 사람이 투덜거리며 저마다 은자 한 냥씩을 꺼내서 소광동자의 손바닥에 올려놓았다.

마지막으로 은자 한 냥을 소광동자의 손에 올려놓은 묵면화상이 은자에서 손을 떼지 못한 채 무언가 기대에 찬 눈빛으로 슬며시 고개를 돌려서 담태파야를 바라보며 물었다.

"그러니까, 정말로 우리가 누군지 모르는 거지?"

담태파야가 사납게 눈을 부라렸다.

"이것들이 나이를 똥구멍으로 처먹었나, 감히 어디서 누굴 희롱하려고……!"

"그려, 그려. 됐다, 됐어!"

묵면화상이 신경질적으로 담태파야의 말을 자르며 은자를 잡고 있던 손을 뗐다.

담태파야는 그제야 무언가 이상하다는 느낌을 받았는지 은 연중에 미간을 찌푸렸다.

그때, 소광동자가 낄낄거리며 말했다.

"거봐, 내 말이 맞지. 저 할망구가 얼마나 험하게 살았는데, 고작 소림승들에게 쫓기던 거 한 번 감추어 준 것이 무슨 대수라고 우리를 기억하겠냐. 킬킬……!"

이제 보니 반천오객은 담태파야가 자신들을 알아보느냐 알아보지 못하냐를 놓고 내기를 했던 것이었다.

소광동자를 제외한 나머지 모두는 당연히 알아본다는데 걸었던 것이고 말이다.

"……?"

문득 반천오객을 바라보는 담태파야의 얼굴이 슬며시 일그러졌다.

방금처럼 화를 내는 것이 아니라 무언가 반신반의하는 기색이었는데, 이내 그녀가 미심쩍은 표정으로 물었다.

"반천오객……?"

소광동자가 재빨리 수중의 은자를 품에 챙기며 말했다.

"이건 아닌 거 알지? 내기는 우리를 바라보는 첫눈에 알아보느냐 알아보지 못하느냐였다."

묵면화상 등 네 사람이 이젠 알아볼 필요 없다는 듯 곱지 않은 눈초리로 담태파야를 노려보았다.

담태파야가 졸지에 어색해진 눈치로 그들을 외면하며 설무백을 바라보며 다그쳤다.

"뭐 하고 있는 게야? 그냥 포기하려는 게냐?"

설무백은 내심 미소를 지었다.

매몰차게 말하는 것 같지만, 그와 상반되는 감정을, 무언가 그에게 거는 기대 같은 것을 읽을 수 있었다.

그는 한결 홀가분한 기분으로 마음을 다잡고 신형을 돌리며 한걸음 내딛었다.

그 한걸음이 그의 신형을 서너 장 떨어진 측면의 벽으로, 바로 가파르게 치솟은 벼랑으로 옮겨다 놓았다.

다른 사람들의 눈에는, 하다못해 담태파야의 시선에도 그의 신형이 순간적으로 사라졌다가 자리를 이동해서 나타난 것으로 보였다.

그래서 사람들은 그가 손을 내미는 것은 보지 못했고 그저 그의 손이 팔뚝까지 깊숙이 벽을, 바로 벼랑 속을 파고 들어가 있는 것만 보았다.

마치 두부 속을 파고드는 칼처럼, 그의 손이 그렇게 바위로 이루어진 벼랑 속으로 박혀 들어가고 있었다.

"……!"

담태파야의 눈이 더 할 수 없이 크게 부릅떠졌다.

설무백은 그런 그녀와 시선을 마주친 채로 벼랑 속으로 찔러 넣은 손을 살짝 비틀어 천천히 뽑아냈다.

순간, 표면의 바위가 쩍쩍 금이 가더니 이내 깨져 나가며 검은 형체 하나가 그의 손에 잡혀 밖으로 끌려 나왔다.

바로 사천미령제신술로 벼랑 속에서 숨 쉬고 있던 요미였다. 검은 형체는 이내 옥으로 깎아 놓은 조각상처럼 변했다가 다시금 귀엽지만 매섭고 앙칼진 눈빛을 가진 여자아이인 요미의 모습으로 바뀌었다.

설무백은 그녀의 목을 움켜잡고 있는 손을 보다 더 가까이 당겨서 얼굴을 마주했다.

그리고 놀라서 어쩔 줄 몰라 하는 그녀를 그 상태 그대로 몇 군데 마혈을 찍어 눌러서 허수아비로 만들어 버리고는 아무렇지도 않게 옆구리에 끼고 움직였다.

요비가 다급히 이 말 저 말을 뱉었다.

"야! 야, 너! 아니, 이봐! 이봐, 아저씨! 아니, 오빠! 오빠! 잠깐만……!"

설무백은 무심하게 그녀의 말을 외면하고 그녀보다 더 경악과 불신에 겨운 눈빛으로 자신을 바라보는 담태파야에게 터벅터벅 다가가 말했다.

"자세한 얘기는 안에 들어가서 하는 것이 어떨까요?"

담태파야는 부르르 진저리를 치다가 결국 거부하지 않고 그를 초가의 내실로 안내했다.

설무백은 거기서 마혈이 점해진 요미를 가운데 엎어 놓고,

담태파야와 둘이서만 얼추 한 시진가량 이런저런 이야기를 나누었다.

그가 중도에 요미의 마혈을 풀어 주었으나, 그녀는 이유는 모르겠으나 곧바로 일어나지 않았고, 그대로 내내 그들 사이에 엎어져 있었다.

설무백은 열여 살의 여자아이가 무슨 생각을 하는지보다는 그 여자아이의 보호자가 내려주는 결정이 더 중요했기 때문에 그 점에 대해선 별다르게 신경 쓰지 않았다.

그래서 그는 예상치 못하게 제대로 한 방 맞았다.

대화가 잘 끝나서 담태파야가 요미를 데리고 풍잔에 가는 것으로 결정이 난 후였다.

요미가 갑자기 발딱 일어나며 말했다.

"할머니 먼저 풍잔에 가 있어. 나는 이 오빠 좀 따라다니다가 나중에 갈게."

"음, 그러니까, 뭐냐? 지난 한 달 동안 가문의 총력을 기울여서 파악한 것이 고작 난주에서 산다는 그자의 말이 사실인 것 같다는 것과 흑포사신이라는 별호가 다라는 건가?"

혼잣말로 중얼거리는 서문하의 목소리에는 불쾌함을 넘어선 분노가 서려 있었다.

그러나 종처럼 다부진 체구에 거무튀튀한 낯빛을 가져서 철나한(鐵羅漢)이라는 별호를 가진 막충은 생긴 대로, 별호대로 우직해서 평소 윗사람의 눈치를 보느라 보고를 누락하는 사람이 전혀 아니었다.

그는 굳이 대답했다.

"흑포사신이라는 별호도 우리와 헤어진 이후에 벌인 형문파의 사건으로 생긴 것으로 압니다."

"내 말이 그거야. 결국 알아낸 것이 전혀 없다는 소리 아니냐."

사실 이것도 눈총이었으나, 막충은 잠자코 있지 않고 굳이 부연했다.

"강호에 이름이 전혀 알려지지 않은 자입니다. 해서, 정체를 파악하려면 그자의 이전 행적과 이후 행적을 세세히 파야 하는데, 이후 행적과 달리 이전 행적은 아시다시피 우리가 운신할 수 있는 폭이 매우 좁은 강북입니다. 일단 극비리에 몇몇 애들을 보내긴 했으나, 얼마나 성과가 있을지는 미지수입니다."

서문하는 결국 허탈하게 웃었다.

"하여간, 보고 한번 시원시원하게 대차군. 아닌 건 아니라 이거지? 하하하……!"

막충이 고개를 숙였다.

"죄송합니다."

"죄송할 거 없어. 칭찬이니까."

서문하가 손을 내젓고는 재우쳐 물었다.

"부 여협의 동태는 어때?"

막충이 대답했다.

"여전합니다. 그네들의 주변을 맴돌긴 하는데 우리와 마찬가지로 감히 지근거리로 접근할 생각은 못 하고 있습니다."

"그네들은 아직 모르는 것 같고?"

"모른다고 생각은 합니다만, 장담할 수는 없습니다. 그자는 물론, 한시도 쉬지 않고 암중에서 그자의 주변을 맴돌며 경계하는 그림자들의 실력 또한 제가 가늠할 수 없을 정도인지라, 그 어느 것도 확신할 수가 없습니다."

"너처럼 확실한 녀석의 입에서 장담할 수 없고, 확신할 수 없다는 말이 나오다니, 어째 이미 들켰다는 소리로밖에 안 들리는구나."

"말 그대로 장담할 수 없을 뿐입니다."

"철수해."

"예?"

서문하는 자신이 내린 명령에 어리둥절해하는 막충을 향해 다시금 단호하게 지시했다.

"그네들에게 붙인 우리 애들 다 철수시키라고."

"하면……?"

"다른 생각 말고 그냥 철수시켜. 애들 입단속 철저히 시키고. 가뜩이나 형문파 사건 이후에 자청검 매요신이 눈에 불을 켜고 여기저기 들쑤시는 판이 아니더냐. 어영부영하다가 우리가 된통 뒤집어쓸 수도 있다. 우리가 그 사건 이전에 그네들을 만난 것은 엄염한 사실이니까."

"하나, 그자를 이대로 방치한다는 것은……?"

"누가 그대로 방치한다 했느냐?"

서문하가 단호히 말했다.

"연맹 차원에서 나서게 하련다. 그 정도로 특출한 자고, 그 정도로 위험해 보이는 자다, 그자는!"

막충이 그제야 두 말없이 고개를 숙이며 대답했다.

"알겠습니다! 즉시 철수시키겠습니다!"

서문하는 가볍게 고개를 끄덕이는 것으로 수긍하며 자리를 털고 일어나 문가를 지키고 있는 중년의 검객, 태인을 향해 물었다.

"청조는?"

태인이 고개를 숙이며 대답했다.

"잠시 옥정원(玉庭院)에…… 불러올까요?"

옥정원이라면 지난날 무한강변에서 벌어진 대격돌 이후, 무한을 바라보며 동호(東湖)를 등지고 임시로 마련된 여기, 남맹의 총단이 가진 열여덟 개의 별채 중에서 맹주 가문인 남궁세가의 가솔들이 거처하는 곳이었다.

'또 남궁유아에게 껄떡대러 갔군.'

서문하는 피식 웃고는 손을 내저었다.

껄떡대건 어쨌건 만에 하나라도 남궁유아의 눈에 들어서 혼례라도 치르게 된다면 강남에서 가장 막강한 무림세가의 주인을 사돈으로 두게 된다.

가소로운 짓이긴 하나, 그렇다고 막을 이유는 없는 것이다.

"……내버려 두고, 맹주님은 지금 어디에 있느냐?"

태인이 대답했다.

"후원 밖에 있다고 들었습니다."

"또 꽃인가?"

"예, 그런 것 같습니다."

서문하는 본의 아니게 절로 찌푸려지던 눈살을 슬며시 고개를 돌리는 것으로 가리며 방을 나섰다.

"가자."

⁂

화원(花園)이었다.

새하얀 머리카락을 벽옥 동곳을 찔러서 묶어 올리고, 소매며 바지의 끝단을 돌돌 말아서 엄정하게 늘어짐을 방지한 백의 노인이 꽃을 하나 손에 들고 향기를 음미하듯 가만히 코에 댄 채 이리저리 발걸음을 옮기고 있었다.

남궁세가의 전대가주이자, 작금의 남무림을 이끌고 있는

남맹의 맹주, 검선 남궁위악이었다.

화원은 매우 넓었으나, 꽃은 그리 많이 피어 있지 않았다.

봄의 문턱이라는 입춘(立春)은 물론, 싹이 트고 개구리가 깨어난다는 우수(雨水)에 경칩(驚蟄)까지 다 지났지만, 아직은 동장군의 여파가 다 가시지 않은 춘삼월의 중순인 까닭이었다.

그나마 화원에 드문드문이라도 꽃이 피어나 있는 것은 아마도 주변에 높은 방풍목을 빼곡하게 심어서 찬바람을 차단했기 때문일 것이다.

유유자적한 걸음으로 화원의 여기저기를 거니는 남궁위악의 뒤에는 단정한 외관으로 귀품을 더한 미청년 하나가 조심스럽게 따르고 있었다.

남궁위악의 손자이기 이전에 남맹의 부총사직을 수행하고 있는 창궁검(蒼穹劍) 남궁유진(南宮儒塵)이 바로 그였다.

느긋하게 화원을 거닐던 남궁위악이 문득 걸음을 멈추며 쪼그리고 앉았다.

그가 어디로 움직이던 묵묵히 따라다니고 있는 남궁유진이 그 옆에 조용히 시립했다.

묘하게도 남궁위악의 눈빛은 냉정하고, 남궁유진의 눈빛은 애절했다.

그건 마치 무언가를 달라고 조르는 아이와 절대 줄 수 없다고 버티는 어른처럼 보이는 모습이었다.

서문하가 가신인 태인 하나만을 대동한 채 남맹 총단의 후원을 벗어나서 꾸며진 그들의 화원으로 들어선 것은 바로 그때였다.

남궁위악이 문득 쪼그리고 앉은 것은 거기 제법 화사한 꽃송이 하나가 피었기 때문이다.

조심스럽게 꽃송이를 매만지던 그가 기척을 느낀 듯 슬며시 고개를 돌려서 화원으로 들어서는 서문하를 바라보았다.

서문하는 슬쩍 손을 들어서 동행한 태인을 대기시키고 혼자 화원으로 들어서며 먼저 인사를 건넸다.

"그놈의 꽃 지겹지도 않습니까?"

남궁유진이 서문하를 보자마자 즉시 허리를 굽히며 공손하게 포권의 예를 취하는 가운데, 남궁위악이 정말 싫다는 듯 눈총을 날리며 대꾸했다.

"하여간 건방져. 네게 스스럼없이 그따위 방자한 말을 하는 작자가 자네 하나뿐이라는 사실은 알고 있나?"

서문하가 퉁명스럽게 대답했다.

"그래도 어쩔 수 없습니다. 금기서화(琴棋書畵)까지는 박학(博學)과 우아(優雅)함을 드러내는 고상한 취미라고 억지로라도 인정하지만, 화초를 가꾸는 분재는 아무리 생각해도 허세로밖에 안 느껴지니 어쩝니까?"

남궁위악이 피식 웃었다.

"어디서 난리라도 났나보군. 그렇게 싫어하는 여기까지 나를 찾아온 걸 보니 말이야."

서문하는 쓰게 입맛을 다셨다.

"그 정도까지는 아니지만, 이 싫은 걸 참아야 할 정도까지는 되는 부탁이 하나 있어서 말입니다."

"부탁?"

남궁위악이 고개를 갸웃하며 거듭 물었다.

"무슨 부탁?"

서문하가 말했다.

"개인적으로 풍향각(風香閣) 애들을 좀 써도 되겠습니까?"

풍향각은 일흔두 개 방파의 혈맹으로 구성된 남맹의 대외 첩보를 감당하는 맹주 직속의 단체였다.

"개인적으로?"

"정확하게 말하면 약간은 개인적이고 또 약간은 공적인 일입니다."

"대체 무슨 일인데 그래?"

"일전에 제가 모종의 임무로……."

서문하가 무심결에 입을 열다가 슬며시 말꼬리를 흐리며 곁에 시립해 있는 남궁유진의 눈치를 보았다.

남궁위악이 빙그레 웃으며 말했다.

"이놈도 알고 있으니, 그냥 편하게 말해도 돼."

"진즉에 말씀하시지 않고……!"

서문하는 평소 격의 없이 지내는 사람답게 노골적으로 곱지 않은 시선을 남궁위악에게 던지고는 제대로 다시 말했다.

"아무튼, 비록 허탕을 치긴 했지만, 얼마 전에 제가 천마(天魔) 뭐라고 하는 물건을 찾으려고 의창부의 저잣거리에 다녀왔을 때 말입니다. 오다가 배에서 특이한 녀석을 하나 만났는데, 아무래도 마음에 좀 걸려서 알아보려고 합니다."

남궁위악이 지그시 서문하를 바라보며 의미심장하게 웃었다.

"한 달도 더 지난 이제 와서 말이지?"

서문하가 툴툴거렸다.

"거 동생 일에 그리 비꼬는 거 아닙니다. 당연히 그동안 내내 개 발에 땀나도록 알아봤죠. 근데, 그게 장강에서 막히더라 이겁니다. 지금 상황에서 장강 너머의 정보는 풍향각밖에 취급 못하니, 맹주님 말마따나 이제 와서 이렇게 부탁드리는 겁니다."

남궁위악이 웃는 낯으로 물었다.

"어떤 녀석인데 그래?"

"답답하시네. 그걸 모르겠으니까 이렇게 여기까지 와서 부탁하는 거 아닙니까."

"그래도 한 달을 팠으면 뭔가 찌꺼기라도 알아낸 것이 있을 거잖아."

"노인네 영민하시긴……!"

"역시 있다는 소리네?"

"확실한 건 아닌데, 딱 하나 있습니다."

"뭔데, 그게?"

"아무래도 그놈이 요즘 한참 사람들의 입에 오르내리는 흑포사신인 것 같습니다."

서문하와 대화를 나누는 내내 시선조차 주지 않고 꽃만 다듬이던 남궁위악의 손길이 처음으로 멈추어졌다.

그는 슬며시 고개를 돌려서 굳은 안색으로 서문하를 바라보며 물었다.

"설마 이거 누구 다른 사람에게 말한 건 아니지?"

서문하는 투덜거렸다.

"내가 바봅니까? 그랬다간 당장 매요신의 귀에 들어가서 한바탕 난리굿이 벌어질 텐데, 내가 왜 그 짓을 합니까!"

남궁위악이 가만히 고개를 끄덕이며 예리한 말을 흘렸다.

"그자, 흑포사신이 북련의 하수인은 아니라는 거군. 그랬다면 난리든 뭐든 있는 그대로 불었을 자네니까 말이야."

서문하는 쩝쩝 입맛을 다시고 나서 당시 장강을 건너면서 지금까지 벌어졌던 일들을 소상하게 밝혔다.

그리고 말미에 은근히 눈치를 보며 물었다.

"흑선궁에서는 아무런 보고도 없던가요?"

남궁위악이 쓸쓸한 표정으로 고개를 저었다.

"전혀……!"

서문하는 그럴 수도 있다는 표정으로 고개를 끄덕이며 말했다.

"어쩌면 아직 그들도 모르고 있을 수 있습니다. 부 여협이 단독으로 나선 일일 수도 있으니까요."

"그렇겠지."

남궁위악이 가만히 고개를 끄덕이며 수긍하고는 이내 한시름을 놓았다는 듯이 말했다.

"아무튼, 다행이군."

서문하는 반색하며 확인했다.

"그 말, 승낙으로 들어도 되는 거겠죠?"

그러나 남궁위악은 자못 정색하며 고개를 저었다.

"그건 전혀 다른 얘길세. 그게 어떤 이유에서든 지금 이런 상황에서 자네가 풍향각 애들을 그 일에 쓰면 모든 내막을 공표하는 것밖에 안 되네."

서문하가 어이없다는 표정으로 남궁위악을 바라보았다.

"설마 명색이 맹주 직속이라는 풍향각 애들조차 아직도 제대로 휘어잡지 못하신 겁니까?"

남궁위악이 어깨를 으쓱이며 쩝쩝 입맛을 다셨다.

"앞에선 잡히네만, 뒤로는 새니 어쩌겠는가."

서문하는 땅이 꺼져라 한숨을 내쉬었다.

어쩌면 그럴 수도 있겠다는 생각을 하긴 했지만, 막상 사실이 그렇다고 하니 정말이지 뭐라고 할 말이 없었다.

'하긴……!'

당연한 일인지도 몰랐다.

풍향각은 각주인 남개방의 방주 구지신개(九指神丐) 적봉(適峯) 아래, 각기 강남칠패의 하나인 광동진가의 고수 무상곤(無上棍) 진팔방(陳八龐)과 쾌활림의 고수 적양수(赤陽手)를 부각주로 두고, 예하에 그저 귀 밝고 발 빠른 자들로만 이백여 명의 요원들을 추려 놓은 조직이었다.

구지신개 적봉이야 풍향각의 취지에 적임자이긴 하나 나머지는 그저 흑백양도에 차별을 두지 않는다는 의미로 끼워 맞춘 자들이었다.

애초에 단합과 충성을 바라기가 어려운 상황이었던 것이다.

"그러게 애초에 제가 뭐랬습니까? 사돈에 팔촌을 불러다 써도 좋으니, 선봉대와 정보를 다루는 풍향각만큼은 최대한 측근으로 구성하라고 했잖습니까!"

서문하는 버럭 화를 내고는 돌아섰다.

남궁위악이 이렇게까지 노골적으로 거절하면 다른 도리가 없었다. 그만한 이유가 없지 않으면 이럴 사람이 아님을 그는 익히 잘 알고 있었기 때문이다.

'애초에 부족한 힘을 채운답시고 흑도의 애들까지 마구잡이로 끌어들인 것부터가 잘못이지!'

이게 남맹의 현실이었다.

그러나 그건 그거고, 이건 이거였다.

서문하는 이대로 자신의 생각을 포기할 생각이 전혀 없었다.

일단 자신의 의도대로 설무백이라는 자의 존재를 맹주에게 밝혔으니, 되었다.

이제 돌아가서 다른 방도를 모색해 볼 생각이었다.

그때 남궁위악이 돌아서는 그를 향해 지나가는 말처럼 한마디 툭 던졌다.

"쟤나 데리고 가 봐."

같이 있는 부총사 남궁유진을 두고 하는 말이었다.

서문하는 이게 무슨 소린가 하는 표정을 짓다가 이내 순간 그 진위를 깨달았다.

그리고 어리둥절해서 남궁위악을 돌아보았다.

남궁위악이 시큰둥하게 그를 외면했다.

"……싫으면 말고."

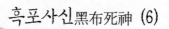

흑포사신黑布死神 (6)

남맹의 맹주인 검선 남궁위악은 허술해 보이지만 절대 허술한 사람이 아니었다.

아는 사람은 다 알고 있었다.

대지약우(大智若愚)라, 큰 지혜를 가지고 있는 사람은 자신의 재능을 뽐내는 경우가 드물기에 겉으로 보기에 어리석은 사람 같이 보이기도 한다.

너무 뛰어나서 오히려 모자라 보이는 경우인데, 남궁위악이 바로 그랬다.

대대로 무당파의 뛰어난 제자들에게서나 종종 나오던 검선이라는 별호를 무림 사상 처음으로 가졌을 만큼 뛰어난 검객인 그가 그보다 강남인협(江南人俠)이라는 별명으로 더 잘 알려진 건 그래서였다.

그리고 서문하는 다른 누구보다도 그와 같은 사실을 가장 잘 알고 있는 사람이었다.

그런 그가 모든 정황을 다 듣고 난 남궁위악이 은근히 눈치를 주며 데려가 보라는 사람을 어찌 외면할 수 있을 것인가.

그는 두 말없이 남궁유진을 챙겨서 거처로 돌아왔고, 철저히 문단속까지 하고 나서 물었다.

"맹주님께서…… 아니, 우리 사이에 그럴 게 뭐 있나. 그래, 그냥 까놓고 얘기하자. 노형님께서 왜 유진이 너를 내게 보냈을까?"

남궁유진이 곱상하게 생긴 얼굴에 한껏 미소를 담으며 넙죽 고개를 숙였다.

"우선 감사 인사부터 드리겠습니다, 숙부님. 아무래도 숙부님 덕분에 누이의 계책을 허락 받은 것 같으니 말입니다."

서문하가 멍해져서 물었다.

"그게 무슨 소리냐?"

남궁유진이 웃는 낯으로 설명했다.

"최근 누이가 풍향각을 배제하고 직접 북련의 수뇌부에 줄을 댔습니다. 적과의 연락망이라니 좀 이치에 안 맞는 것으로 보일 수도 있는데, 누이의 말에 따르면 싸울 때 싸우더라도 불필요한 싸움을 피하기 위해서는 필요한 조치라고 하더군요."

남궁유진의 누이는 바로 철혈여제로 불리는 남맹의 총사 남궁유아였다.

서문하는 대번에 모든 상황을 파악하며 반색했다.

"오라! 그러니까 내게 그걸 이용해 보라고 자네를 내게 보낸 거였군!"

남궁유진이 거듭 공수하며 말했다.

"잠시만 기다리십시오, 숙부님. 얼른 가서 누이를 데려오겠습니다."

맹주의 허락이 떨어졌다고는 하나, 자신 혼자 독단적으로 처리할 수 있는 일이 아니라는 것이 남궁유진의 생각이었다.

서문하는 능히 이해하며 기꺼이 수긍했고, 남궁유진은 그 길로 밖으로 나갔다가 이내 누이를, 바로 남맹의 총사인 철혈여제 남궁유아를 데리고 돌아왔다.

다른 여자들과 달리 않게 창대한 체구에 구릿빛 피부, 부리부리한 호목과 유난히 커서 튀어나올 듯 출렁거리는 가슴을 가진 야성적인 여인, 철혈여제 남궁유아는 성격도 그에 걸맞게 호탕해서 서문하를 보자마자 사내처럼 껄껄 웃으며 인사했다.

"감사합니다, 서문 숙부님. 덕분에 할아버지 고집을 꺾었네요. 하하하……!"

남궁유아 뒤에는 젊은 두 남녀가 따르고 있었다.

삼십대로 보이는 그들은 키가 훤칠하고 이목구비가 수려한

데다가 푸른 학창의에 은빛 요대가 너무나도 잘 어울리는 삼십 대의 미남자와 적당한 키에 호수처럼 맑은 눈빛, 백옥 같은 피부를 가진 화사한 궁장(宮裝)차림의 절세미녀였다.

그러나 서문하가 답례에 앞서 그들을 쳐다본 것은 그들의 빼어난 미색 때문이 아니었다.

그들이 남궁유아를 보좌하는 남궁가의 충실한 가신들인 청수(靑獸)와 홍매(紅魅)라는 사실은 그도 익히 잘 알고 있었으나, 과연 이런 내밀한 자리에까지 껴도 좋을 인물인지는 확신할 수 없었기 때문이다.

그때 그의 눈치를 확인한 남궁유아가 새삼 활짝 웃으며 말을 덧붙였다.

"걱정 마세요, 서문 숙부님. 저보다도 더 입이 무거운 친구들입니다."

서문하는 그제야 못내 마음을 놓으며 미소를 지었다.

"그렇다면야…… 그건 그렇고, 얘기는 들었나?"

남궁유아가 대답했다.

"유진에게 대충 얘기는 들었습니다. 이름은 설무백, 한 달여 전에 장강을 건너 강남으로 들어섰으며, 요즘 말들이 많은 흑포사신일 가능성이 매우 높은 친구고, 난주에 산다고요?"

"대충이 아니라 그게 다야."

서문하는 피식 웃고는 이내 살짝 고개를 숙여서 은밀함을 더하며 물었다.

"가능하겠나?"

남궁유아가 장담했다.

"여부가 있겠습니까. 빠르면 보름, 늦어도 한 달 상간에는 그 친구의 내력을 알 수 있을 겁니다. 대신……!"

말꼬리를 흐린 그녀는 사내처럼 활짝 웃는 얼굴로 서문하를 마주하고 앉으며 말을 덧붙였다.

"숙부님은 오늘 하루 저와 대작이나 하시죠. 아시다시피 알게 모르게 저를 따르는 시선이 한 둘이 아닌지라 이해 좀 해주세요. 하하하……!"

남궁유아는 더없이 뛰어난 여고수이나, 수많은 시기와 질투를 한 몸에 받고 있었다.

남맹은 정예로 구분되는 혈맹만 무려 일흔두 개 방파나 되고, 그에 딸린 혹은 지원하는 중소방파들까지 따지면 수백을 헤아리는데, 그녀는 여자의 몸으로 그 정점에 서 있는 사람들 사이에 있었기 때문이다.

"나야 좋지."

서문하는 충분히 그녀의 말을 이해하며 기꺼이 승낙했다.

남궁유아와 그는 그렇게 때 아닌 낮술을 시작했고, 그사이 잠시 자리를 떠난 홍매는 비밀스러운 모처에서 전서구를 날렸다.

북방으로 향해서 장강을 건너는 전서구였다.

장강을 건넌 전서구는 곧장 북향해서 호북성의 성경계 넘어서 하남성의 남부 중심을 차지한 대별산(大別山)에 도착해서 높은 산마루를 등지고 드넓은 산자락을 앞마당처럼 거느린 거대한 장원의 모처로 내려앉았다.

남맹과 달리 하남성에 자리 잡은 북련의 총단에서 측면의 후미진 지역에 자리한 별채인 그곳에는 높게 자란 정원수 사이로 그늘진 처마 아래 전서구들이 은밀하게 들어설 수 있도록 작은 구멍이 뚫어져 있는 전각이 하나 있었다.

전서구는 그 전각으로 들어갔고, 그 안에서 졸고 있다가 우연찮게 눈을 뜬 사내의 시선에 들어갔다.

"이런……!"

사내는 놀라 기겁하며 일어나서는 전서구의 다리에 매달린 전통을 빼들고 밖으로 내달렸다.

빠르게 별채의 외벽을 돌아나간 그는 정원을 벗어난 다음, 안채 방향으로 두 개의 담과 하나의 정원을 더 가로질러서 제룡각(制龍閣)이라는 현판이 걸린 대전으로 들어갔다.

사내가 허겁지겁 들어간 그 제룡각의 대청에는 거대한 팔선탁을 마주하고 다섯 명의 사내가 둘러 앉아 있었다.

사내는 그들 중 하나, 상석에 앉아 있다가 서둘러 들어서는 그를 곱지 않은 시선으로 바라보고 있던 직속상관에게 다가

가서 넙죽 고개를 숙이며 가져온 전통을 넘겼다.

"방금 남쪽에서 도착한 전서입니다."

당장에 화를 낼 것처럼 불쾌한 기색인 백의 사내, 바로 북련이 구성한 두 개의 전위대 중 하나인 제선대(制仙隊)의 대주, 절정검(絕情劍) 추여광(追餘光)은 거짓말처럼 안색이 변해서 전통을 받아들며 내부의 전서를 확인했다.

그리고 절로 미간을 찌푸리며 고개를 갸웃거렸다.

"설……무백?"

전서의 내용은 간단했다.

너무 간단해서 혹시 저쪽에서 같잖게도 이런 걸로 자신의 능력을 시험하는 것이 아닌가 하는 의심이 들 정도였다.

대개는 간단할수록 해결하기 어려운 것이 누군가의 부탁이니 말이다.

추여광은 확인한 전서를 한손에 들고 팔랑거리며 마주 앉은 네 명의 사내들, 제선대의 사대단주들을 향해 물었다.

"누구 설무백이라는 이름을 들어 본 적 있나?"

단주들이 머쓱한 표정으로 시선을 교환했다.

누구도 아는 기색이 아니었다.

추여광은 새삼 전서의 내용을 한 번 더 확인하며 말했다.

"나이는 약관 정도고, 난주에 사는 설무백이라는데, 정말 누구 하나 들어 본 사람이 없어?"

단주들의 표정이 여전한 가운데, 문득 제일단주, 사공척(司

空情)이 고개를 갸웃거리며 말했다.

"설무백이라는 이름은 들어 본 적이 없습니다만, 어째 난주라는 지명은 익숙하게 들리는걸요?"

"어째서?"

"잊으셨습니까? 왜 일전에 대주께서 말씀하지 않으셨습니까. 희 총사가 난주에 기둥서방이라도 심어 둔 모양이라고, 종종 이유도 없이 사라졌다가 나타나서 확인해 보면 거길 다녀온 거라고, 언제 한 번 기회가 되면 필히 확인해 봐야겠다고 말입니다."

추여광의 안색이 변하며 눈빛이 예리해졌다. 잊고 있던 그 기억이 되살아난 것이다.

"그래, 맞아. 그랬었지."

잠시 뜸을 들인 그는 새삼 수중의 전서를 흔들어 보이며 물었다.

"그것과 이게 우연일까?"

추여광에게 지난 기억을 상기시켜 준 제일단주 사공척이 의미심장하게 웃으며 대답했다.

"희 총사와 관계된 일이라면 우연이라도 확인해 봐야하지 않겠습니까?"

추여광은 빙그레 웃었다.

과연 제일단주 사공척은 그 누구보다도 그의 마음을 잘 알고 있는 수하였다.

말은 그래도 가진 배경의 한끝 차이로 희여산은 총사가 되었고, 그는 그녀의 뒷수발이나 들어야 하는 두 개의 전위대 중 하나의 대주가 되었다.

그런 그가 그녀와 관계되어 있는 일일지도 모르는 것을 간과하고 넘어갈 수는 없었다.

"내친 김에 겸사겸사 잘됐군. 누가 나서 볼래?"

사공척이 나섰다.

"제가 처리하지요."

"보는 눈이 많아서 너나 네 측근이 나서면 안 된다는 거 알지?"

"쓸 만한 애가 하나 있습니다."

"누군데?"

"우리 쪽에 줄을 선 포교원(布敎院)의 단주 하나가 있습니다. 금산판(金算板) 서상(徐象)이라는 자인데, 그저 그런 무림세가 출신의 서자이긴 하나, 발이 빠르고 귀도 밝아서 이런 일에 매우 적당한 인물입니다."

포교원이라면 북련에 가입할 문파나 무사들을 선별하고 포섭 또는 회유하는 조직인지라 거기 속한 요원들은 맡은 바 일의 특성상 운신의 폭이 매우 넓었다.

추여광은 기꺼이 승낙했다.

"좋아, 그자에게 맡겨 보지. 대신 알지?"

"여부가 있겠습니까! 최대한 빠른 시일 내에 처리하라 이르겠습니다!"

사공척은 눈치 빠른 사람답게 즉시 자리를 털고 일어나서 밖으로 나섰고, 곧장 영내의 모처로 갔다.

그리고 늘 그렇듯 남몰래 사람을 보내서 포교원의 열두 명 단주 중 하나인 금산판 서상을 불러낸 그는 그 자리에서 사정을 밝히며 지시를 내렸다.

서상은 거부하지 않고 쾌히 승낙했다.

제대로 된 배경 하나 없이 순수한 억척만으로 지금의 자리에 오른 그에게 있어 이런 중요한 임무는 승진을 위해 절대 놓칠 수 없는 동아줄이었다.

그러나 북련의 내부에는 서상과 같은 생각을 가진 사람이 얼마든지 더 있었고, 그들 중에는 그들의 대화를 엿들을 수 있는 자들도 있었다.

그리고 그자가 잡은 동아줄은 서상과 전혀 다른 방향으로 이어졌다. 바로 총사인 희여산으로 이어지는 동아줄이었다.

"추 대주가 난주의 설무백을……?"

"예, 제선대의 제일단주 사공척이 그리 말했습니다. 추 대주의 명령이니, 직접 가서 확인해 보라고. 틀림없습니다."

"알았어요. 수고했어요. 너무 오래 자리를 비우면 다른 의심을 살 수 있으니, 어서 돌아가 봐요."

"예, 알겠습니다. 그럼 저는 이만……!"

사내, 황궁의 도찰원(都察院)과 같은 북련의 비밀감찰조직인 제밀원(制密院) 소속의 요원인 암호명 벽력화(霹靂火)는 왔을 때와 마찬가지로 갈 때도 홀연히 사라졌다.

희여산은 그제야 입가에 미소를 머금으며 자리한 수하들을 향해 말했다.

"재밌네. 내가 입을 다물고 철저히 단속까지 했는데, 과연 추 대주는 어디서 설 공자에 대한 얘기를 들었을까나?"

지금 그녀의 거처인 대청에는 네 명의 사내와 한 명의 여인, 그렇게 사남일녀가 상석의 태사의에 앉은 그녀를 올려다보며 시립해 있었다.

그중 가장 먼저 그녀의 대답하고 나선 것은 대내외적으로 그녀의 오른팔로 알려진 오십 대의 중년미부, 천요비자(天妖妃子) 지사미(地奢彌)가 말했다.

"그건 제가 따로 알아볼 터이니, 우선 그쪽으로 갈 애의 발길이나 막아야 하지 않을까요?"

그녀의 말이 끝나자마자 붉게 도드라진 칼자국 흉터가 얼굴 한쪽을 가로지르며 목까지 내려간 사내, 진천패도(振天覇刀) 조무량(組無量)이 나섰다.

"제가 처리하지요!"

희여산은 그저 가만히 듣고 있다가 정말 재미있다는 듯 웃으며 손을 내저었다.

"아니요. 아무것도 하지 말고 그냥 내버려 둬요."

그녀는 의미심장하게 웃으며 덧붙여 말했다.

"아무것도 모르는 추여광 그자가 설 공자에 대해서 알게 되면 과연 어떤 반응을 보일지 정말 궁금하네요. 호호호……!"

제갈명은 바빴다.

가뜩이나 바빴는데 대력귀가 다녀간 다음부터는 더욱 바빠졌다.

자초한 일이었다.

그는 그녀가 농을 해도 아무 이유 없이 그냥 하는 사람이 아니라는 것을 이미 파악했고, 그래서 풍잔을 확장하는 공사에 박차를 가하고 있었다.

그녀가 데려온 애들이 다가 아닐 거라는 말을 그냥 흘려듣지 않은 까닭이었다.

과연 그의 판단은 주효했다.

대력귀가 떠나고 나서 불과 이틀밖에 지나지 않은 날의 오후였다.

땅거미를 등지고 나타난 소년이 한 명 있었다.

풍잔의 객청으로 들어와서 온갖 요리를 시키고 게걸스럽게 먹어치운 그 소년은 그대로 늘어져서 돈이 없다며 배를 째라 했다.

얘기를 듣고 나선 제갈명은 그 자리에서 소년의 배를 째고 싶었으나, 그럴 수가 없었다.

이어진 소년의 당당한 말 때문이었다.

"천면호리의 제자인 비풍입니다. 설무백 사숙이 여기 가서 지내라고 했는데, 쓸 만한 방 있죠?"

제갈명의 분노는 오뉴월의 햇살에 노출된 눈처럼 녹아서 사라져 버렸다.

설무백과 천면호리가 어떻게 사형제간이 될 수 있는 것인지 말이 안 된다고 생각하면서도 감히 비풍을 내칠 수가 없었다.

자타가 천하제일의 독행대도로 인정하는 천면호리의 제자를 박대할 정도로 그의 배포가 크지도 않았지만, 그에 앞서 이건 다른 누구도 아닌 설무백의 지시였다.

"물론이지. 있네, 아주 쓸 만한 방이!"

그게 시작이었다.

닷새 후에는 한 사내가 늙은 노모를 태운 우마차를 소 대신 자신이 직접 끌고 나타났다.

"제연청이라고 하는데, 은인께서 여기로 가면 거처를 마련해 줄 거라고 해서…… 참고로 제가 대대로 육방 가문의 핏줄이라 고기를 아주 잘 썹니다."

"그 은인이라는 사람이……?"

"설, 무 자, 백 자를 쓰십니다."

"아……!"

풍잔이 자리한 저잣거리 한구석에 풍잔에서 사용하는 각종 고기를 전담하는 작은 육방 하나가 생겨났다.

이름 하여 풍잔육방(風棧肉房)이었다.

그리고 다시 나흘이 흘렀다.

가타부타 아무런 말도 없이 대뜸 주인을 부르며 안채로 쳐들어오는 꼬부랑 노파가 하나 있었다.

풍잔의 객청을 지키는 점소이들과 시비들은 제갈명이 사전에 예충의 허락을 받아 대도회와 백사방, 홍당 등에서 특별히 뽑은 사람들이라 출중한 정도는 아니더라도 상당한 무공을 익힌 자들이었다.

하물며 그들을 총괄하는 풍잔의 장궤는 과거 백사방의 총관이던 철갑신 장보였다.

그런데 어처구니가 없게도 그들 모두가 피죽 한 그릇 제대로 못 먹은 듯 보이는 꼬부랑 노파 하나를 제대로 감당하지 못하고 쩔쩔매며 길을 터 주었다.

노파가 힘겨운 듯 휘적휘적 휘두르는 지팡이 앞에서 그들 모두가 추풍낙엽처럼 나가떨어져 버린 것이다.

그래서 전갈을 들은 제갈명이 서둘러 밖으로 나섰을 때에는 풍잔의 경비를 맡고 있는 호풍사랑대(護風使狼隊), 일명 호풍대(護風隊)의 대주인 풍사까지 나선 상황이었다.

"이봐 할망구, 용무를 밝히지 않으면 더는 곤란해."

꼬부랑 노파도 더 이상 욕심을 부리고 싶은 생각이 없는 것 같았다.

"이제야 제대로 된 녀석들이 나오네그려."

주름이 자글자글해서 오종종한 입술에 미소를 떠올린 노파가 예사롭지 않은 풍사와 맹효의 기도를 읽은 듯 한마디 하고는 불쑥 물었다.

"누가 제갈명이라는 아이냐?"

풍사가 어색해진 얼굴로 부리나케 나선 제갈명을 돌아보았다.

뒤늦게 나와서 노파와 풍사가 대치하는 모습을 본 제갈명은 서둘러 그들 사이로 나섰다.

"제가 제갈명입니다만?"

노파가 어딘지 모르게 곱지 않은 시선으로 제갈명을 훑어보며 투덜거렸다.

"뭐야? 이런 비리비리한 녀석이었어?"

"예?"

"그냥 잡일을 하는 놈을 알려 준 거였나?"

"예?"

"아니다. 알았으니, 어서 쓸 만한 방이나 하나 내줘라. 설무백이라는 녀석이 내 손녀를 데려가면서 여기서 기다리라고

했다."

노파, 바로 담태파야는 대수롭지 않게 제갈명을 밀치며 안채로 들어갔다.

제갈명은 절로 오만상을 찡그리며 투덜거렸다.

"정말 대단해. 대체 어디서 저런 신기한 괴인들만 주워 모으는 건지 알다가도 모르겠군. 이젠 놀랍지도 않고, 다음에는 어떤 누가 찾아올지 아주 기대가 되네."

"아나, 왜 이리 귀가 가렵지? 어디서 누가 내 칭찬을 하나?"

무진행자가 작은 나뭇가지 하나를 손으로 잘라서 귀를 후벼 파며 투덜거렸다.

소광동자가 눈총을 주었다.

"칭찬은 재채기고, 그건 욕."

무진행자가 발끈했다.

"어떤 자식이 내게 욕을……!"

"쉿!"

일견도인이 검지를 입에 대고 조용히 하라는 시늉을 하고, 반면서생이 매섭게 노려보는 가운데, 묵면화상이 이를 악문 채 싸늘하게 속삭였다.

"조용히 못해! 한 번만 더 시끄럽게 굴면 쫓아 보낸다는 말

벌써 잊었냐?"

무진행자가 조개처럼 입을 다물며 전방에 나서 있는 설무백의 눈치를 보다가 문득 고개를 갸웃거렸다.

"근데, 어째 이상하네? 반월(殘月)인지 무일(武一)인지 하는 퇴물 자객 녀석이 노골적으로 노리며 기다리던 이전 때도 지금처럼 신중하진 않았잖아?"

소광동자가 나직이 탄식하며 정말 어이없다는 듯 무진행자를 바라보았다.

"내 살다 살다 한마디로 예닐곱 가지나 틀리게 말하는 녀석은 네가 처음이다."

무진행자가 눈을 부라렸다.

"내가 뭘 그렇게 틀렸다는 거야?"

소광동자가 한숨을 내쉬며 대답했다.

"잘 들어. 반월이 아니라 잔월(殘月)이고, 무일이 아니라 무일(舞日)이야. 그리고 네가 퇴물 자객이라고 말하는 것이 그 둘 중 누군지는 모르겠다만, 잔월은 이전이 아니라 그 이전에 만난 사대살수(四大殺手)의 하나고, 바로 이전에, 그러니까 나흘 전에 우리가 만난 무일은 살수가 아니라 모산파(茅山派)의 파문 제자인 손부(孫夫)의 손자다. 자, 이제 계산해 봐라. 대체 한마디로 몇 개나 틀린 거냐?"

무진행자가 소광동자의 입에서 틀린 게 하나씩 나올 때마다 손가락을 꼽다가 다섯 개가 넘어가자 슬쩍 그만두며 말문을 돌렸다.

"아무튼 그렇다고. 전과 달리 이상하다고. 다들 그렇게 생각 안 해?"

"쉿!"

묵면화상이 다시금 손가락을 입술에 대서 조용히 하라는 시늉을 하며 조용히 주의를 주었다.

"아무래도 선객이 있는 것 같다!"

관도를 벗어나서 수풀이 우거진 길목으로 묵묵히 앞서나가던 설무백이 그제야 그들을 돌아보며 눈살을 찌푸렸다.

"저기, 설마 벌써 약속을 잊은 건 아니죠?"

반천오객은 그 자리에 그대로 굳어서 땀을 찔끔 흘리며 시선을 교환하다가 한순간 번개처럼 사방으로 튀어서 암중에 은신했다.

설무백은 그저 한숨을 내쉬며 손을 내젓고는 거듭 신중한 모습으로 돌아가서 발길을 재촉했다.

이내 우거진 수풀이 사라지며 외딴 길목의 어둠속에 자리한 장원 한 채가 나타났다.

설무백은 장원의 대문 앞으로 나서서 말했다.

"누굴 기다리고 있는지는 모르겠지만, 저는 댁들이 기다리던 사람이 아니니, 그냥 모습을 드러내셔도 좋습니다."

약간의 시간이 흐른 뒤, 장원의 높은 담장에 무수한 횃불이 밝혀졌다.

그리고 담장보다 조금 높은 정문의 문마루에서 덥수룩한 수염을 기른 노인 하나가 모습을 드러냈다.

"우리가 기다리던 사람이 아니라면 너희들은 대체 무슨 용무를 가지고 이 시간에 본가를 찾아온 것이냐?"

설무백은 정중히 공수하며 대답했다.

"저는 우연찮게 얻은 기연으로 말미암아 약간의 천기를 읽는 재주를 지닌 설 아무개라는 무명소졸입니다. 며칠 전 하늘을 보다가 천살성(天殺星)의 기운이 동쪽으로 기울어지기에 이상하다 여기고 따라왔는데, 하필이면 여기가 무이산(武夷山)의 정기와 이어진 운몽세가(雲夢世家)로군요."

뒤쪽의 암중에서 반천오객의 수다가 시작됐다.

다행인지 불행인지는 몰라도, 늘 그렇듯 짐승이나 곤충보다도 더 민감한 이목을 가진 설무백의 귀에만 들리는 소곤거림이었다.

"설마 저게 또 통하나?"

"줄곧 통했으니, 또 통하겠지."

"그래도 명색이 과거 한 때나마 강남에서 이름깨나 날리던 운몽세가인데?"

"운몽세가 아니라 운몽세가 할아비라도 절망에 빠지면 뭐든 다 믿고 싶어지는 법이야. 봐봐, 무슨 일인지는 몰라도 다들 구석에 몰린 생쥐 같은 몰골이잖아."

"아나, 절망이 객지 나와서 고생한다, 니미……!"

    그러나 반천오객의 예상과 달리 설무백의 말은 여태까지와
달리 통하지 않았다.

    처음에는 통하는가 싶었다.

    그런데 날카로운 눈매를 가진 중년인 하나가 문마루로 올
라서더니, 설무백 등을 노려보며 덥수룩한 수염의 노인에게
무언가 귀엣말을 전하자 상황이 바뀌었다.

    노인이 코웃음을 치며 소리쳤다.

    "비록 우리 운몽세가가 무림의 동도들과 연을 끊고 산 지
오래되었으나, 그렇다고 세간의 소문마저 듣지 못할 정도로
귀를 막고 살지는 않는다! 흑포사신, 결국 너도 남맹의 떨거
지들처럼 세간의 헛소문을 믿고 본가를 찾아온 것이렷다?"

    설무백은 절로 바보처럼 눈을 끔뻑거렸다.

    여러 가지로 모르는 사연이 겹쳐서 당황스럽기 짝이 없었
다.

    흑포사신은 누구고, 운몽세가와 엮인 세간의 헛소문은 또
무엇이란 말인가.

    '내가 흑포사신이라고……?'

    제아무리 말 없는 말이 천리를 간다지만, 자신에 대한 소문
은 당사자가 가장 늦게 듣는다는 속설이 있다.

    지금이 그런 경우였다.

    설무백은 자신이 흑포사신으로 불린다는 것을 오늘 처음
들었다.

'……그보다 운몽세가와 관련된 헛소문은 대체 뭐라는 거야?'

여러모로 신경 쓰는 부분이 적지 않아서 내내 무림의 동향을 살피느라 세간의 소문에 집중하고 있던 그였다.

그러나 운몽세가와 관련된 그 어떤 소문도 그는 듣지 못했다.

"이거 참 난감하네."

설무백은 절로 탄식하고는 슬쩍 공야무륵을 바라보았다.

공야무륵이 무엇을 바라냐는 듯이 크게 뜬 두 눈을 끔뻑거렸다.

"하긴……!"

바랄 걸 바라야지, 그도 모르는 일을 세상 누구보다도 세상일에 관심이 없는 공야무륵에게 기대하는 것은 안 될 말이었다.

설무백은 바로 포기하며 뒤쪽으로, 다른 사람은 모르지만, 그는 느끼고 있는 암중의 반천오객을 향해 시선을 주었다.

그러나 돌아오는 대답은 하나같이 역시나였다.

─미안하군.

─이거 정말 쑥스럽네.

─세상사에 관심 안 두고 산 지 오래돼서…….

─나도…….

─그런데, 듣자하니 세간의 헛소문을 진짜로 알고 남맹 애들

이 이미 다녀갔다는 것 같은데, 쟤는 왜 또 저기 저러고 있었던 거야?

그나마 나중에 소광동자가 던진 의문이 설무백에게 적잖은 도움을 주었다.

확실히 이상했다.

그게 어떤 소문이던 간에 헛소문이고, 남맹이 오해해서 다녀갔다고 밝혔다.

그런데 운몽세가는 왜 아직도 저리 바짝 긴장해서 싸움을 대비하고 있었던 것일까?

설무백은 마음을 다잡으며 문마루의 노인을 향해 물었다.

"흑포사신이라고 하는 거야 그냥 그렇다 치고, 일단 하나만 물읍시다. 남맹의 떨거지들처럼 내가 오해해서 찾아왔다는 세간의 소문이 대체 뭡니까?"

문마루의 노인이 이게 무슨 짓인지 모르겠다는 눈초리로 뚫어지게 설무백을 쳐다봤다.

"지금 누굴 놀리는 건가?"

설무백은 냉정하게 말했다.

"정말 몰라서 물은 겁니다만, 대답하기 싫으면 그냥 안 하셔도 됩니다. 어차피 저랑은 상관없는 일이니까요. 대신 아까 미처 밝히지 못한 제 용건을 밝히도록 하지요. 사실 제가 찾아온 이유는……."

말하면서 그는 서서히 내력을 끌어 올렸다.

사실 애초에 용건을 밝히면 운몽세가에서 선뜻 '그러마.' 하고 승낙할 일이 아니었다.

어느 정도의 대거리와 드잡이는 각오하고 있었으니, 내친 김에 먼저 실력 행사를 하는 것도 나쁘지 않다는 생각이 들었다.

두툼한 목재로 보이는 대문을 깨트리고, 주변 담장을 무너트려서 문마루에 서 있는 노인을, 아마도 운몽세가의 가주인 세정은검(細情銀劍) 운몽지학(雲夢至虐)을 바닥으로 처박고 나면 한결 대화가 부드러워질 터였다.

그랬는데.

꽈광-!

설무백이 미처 용건을 밝히기도 전에 먼저 폭음이 터지며 문마루 뒤쪽에서 하늘로 화망이 치솟았다.

장원의 후원 쪽이었다.

누군가 그보다 먼저 손을 쓴 것이다.

그리고 그 불똥은 고스란히 그에게 튀었다.

"흑포사신, 네놈이 남맹과 한패였구나!"

도끼눈을 눈을 부릅뜨며 소리가 나도록 이를 가는 운몽지학의 외침이었다.

설무백은 쓰게 입맛을 다셨다.

너무나도 절묘한 시점에 벌어진 사태였다.

뭐라고 설명하는 것이 좋을지 전혀 감이 오지 않았다.

어떻게 설명하고 처신해도 상대가 전혀 납득할 것 같지 않은 상황이었다.

"방법이 없네!"

생각보다 빠르게 몸이 반응했다.

그는 가차 없이 손을 들어서 정문을 향해 뻗어냈다.

엄청난 내공의 발현이었다.

들리는 순간에 이미 거무튀튀한 청광에 휩싸인 그의 손에서 뻗어나간 기운이 문마루 아래 정문에 작렬했다.

꽝―!

폭음이 터지며 삼 장이나 되는 거대한 대문이 수수깡처럼 쪼개지며 넘어갔다.

대문을 지탱하던 기둥에 쩍쩍 금이 가고, 진동하던 문마루가 속절없이 옆으로 기울어지고 있었다.

"이런……!"

문마루에 올라서 있던 운몽지학과 몇몇 사내들이 기겁하며 분분히 신형을 날렸다.

설무백은 그대로 날아올라 문마루를 벗어나는 운몽지학의 뒤를 따라잡았다.

"헉!"

운몽지학이 반사적으로 돌아서며 수중의 검을 휘둘렀다.

설무백은 빠르게 옆으로 미끄러져서 운몽지학의 검을 피했다.

발을 디딜 수 있는 그 어떤 것도 없는 허공이었으나, 그는 그게 가능했고, 그다음에 내밀어진 그의 손이 운몽지학의 뒷덜미를 움켜잡았다.

운몽지학이 본능처럼 몸을 비틀며 반항했다.

설무백은 사납게 그를 그대로 당겨서 반항의 여지를 주지 않았고, 지상으로 끌고 내려와서야 손을 풀어 주었다.

그러나 당겨지는 힘은 여전해서 속절없이 끌려 내려온 운몽지학이 등부터 바닥에 떨어지는 수모를 당했다.

"크……! 이놈!"

운몽지학이 붉어진 얼굴로 이를 갈며 발작하듯 일어나서 검을 휘둘렀다.

살기 넘치고 날카로운 검기가 뿜어 나와 설무백의 목을 노렸다.

설무백은 슬쩍 상체를 트는 것만으로 그의 검극과 그에 앞서 뻗어져 나온 검기를 피했다.

검기를 매단 검극이 그의 턱 아래 목젖과 종잇장 하나의 차이로 스쳐 지나갔다.

설무백은 순간적으로 다가왔다가 멀어지는 그 검극을 정확히 바라보며 손을 내밀었다.

그의 손이 물러가는 검극보다 더 빠르게 움직여서 그 검극 아래로 파고들어 검의 손잡이를 잡은 운몽지학의 손등을 쳤다.

"헉!"

운몽지학이 상당한 충격을 받은 듯 기겁하며 검자루를 놓았다.

설무백은 그 검을 그대로 낚아채서 수직으로 세우며 손끝으로 튕겼다.

쨍—!

검이 산산조각이 나서 흩어졌다.

무언가 반격을 도모하려던 운몽지학과 그를 도우려고 나선 운몽세가의 사내들이 그대로 돌처럼 굳어져 버렸다.

운몽지학은 그 순간에 앞으로 한걸음 나선 설무백의 가없는 신위에 압도당했고, 운몽세가의 사내들은 어느새 쌍 도끼를 뽑아 들고 나선 공야무륵과 귀신처럼 홀연히 나타나서 칼을 겨누고 있는 혈영과 사도의 기세에 눌려 버렸다.

반천오객이 뒤늦게 모습을 드러내며 툴툴거렸다.

"나설 기회도 없군."

"나설 생각은 있었고?"

"나서길 바라기나 하겠냐?"

"하긴……!"

"아나……!"

"조용!"

설무백은 늘 그렇듯 줄줄이 이어지는 그들의 넋두리 아닌 넋두리를 급히 끊으며 애써 다른 소리에 귀를 기울였다.

생사를 가르는 단말마의 비명이 꼬리를 물고 들려왔다.

싸움이 아니라 일방적인 도살이 벌어지고 있는 것이었다.

이내 상황을 간파한 그는 반쯤 얼이 빠져 있는 운몽지학을 향해 물었다.

"우리보다 먼저 여길 방문했던 남맹의 무리가 누구였죠?"

운몽지학이 경황 중에 말을 더듬었다.

"새, 생사천의 금안독조(金眼毒爪) 반당(般蟷)이 이끄는 나, 남맹의 제사당이……!"

설무백의 눈빛이 차갑게 식었다.

금안독조 반당이라면 생사천주이자 사마의 하나인 팔황신마 냉유성의 수족으로 알려진 자였다.

성가 높은 그런 자가 이런 시기에 이미 오래전부터 가세가 기울어서 유명무실한 운몽세가를 방문했다는 것은, 그게 남맹 차원에서 나선 일이든, 아니면 냉유성이 독단이든 간에, 매우 복잡한 사연이 얽혀 있다는 뜻이었다.

"저들은 적이지만, 저는 아닙니다!"

설무백은 더 이상의 설명을 들을 필요도 없어서 잘라 말했다.

"저는 그저 운몽세가에게 부탁할 것이 있어서 찾아왔을 뿐입니다! 그러니 딴 생각 마시고 따라오세요!"

명령하듯 소리친 그는 그대로 새처럼 날아올라서 살육의 현장인 장원의 후미를 향해 곧장 날아갔다.

공야무륵 등이 곧바로 신형을 날렸고, 잠시 망설이던 운몽지학도 이내 가솔들과 그 뒤를 따랐다.

사실 운몽지학의 입장에선 선택의 여지가 없는 일이었다.

지금 살육을 벌이는 자들은 그야말로 잔인무도한 도살을 벌이고 있었다.

이건 저들이 원하는 것이 무엇이든 간에 운몽세가를 잿더미로 만들 각오로 왔다는 것을 의미했다.

이런 마당에 운몽지학이 어찌 이미 감당하기 어려운 신위를 드러낸 설무백 등을 적대할 수 있을 것인가.

운몽지학의 입장에선 지푸라기라도 잡고 싶은 심정으로 설무백을 믿을 수밖에 없었다.

다만 설무백은 지금 그런저런 계산을 하고 나선 것이 아니었다.

상대는 생사천의 무리일 가능성이 매우 높았고, 그는 생사천의 무리와, 정확히는 생사천주인 팔황신마 냉유성과 악연으로 엮여 있었다.

그리고 역시나였다.

불과 서너 호흡만에 여섯 개의 담과 세 개의 정원을 가로질러서 도착한 장원의 후미, 살육의 현장에서 설무백은 생사천의 무리를 마주할 수 있었다.

사실을 말하자면 그들이 생사천의 무리라는 증거는 그 어디에도 없었다.

다만 그들 중에는 비록 만나 본 적은 없지만 사전에 입수한 정보를 통해서 설무백이 어렵지 않게 인상착의를 기억하는 금안독조 반당이 있었고, 그들 모두가 그의 명령에 따라 살육을 벌이고 있었다.

그것으로 충분했다.

쐐액—!

설무백은 바람처럼 달려 나가서 금안독조 반당에게 달려들었다.

어떤 신공을 발휘하고 있는지는 몰라도, 금빛으로 빛나는 눈동자를 희번덕거리며 피 묻은 손톱을, 아마도 독조인 그것을 휘두르고 있던 반당의 반격까지 계산한 돌격이었으나, 아무래도 그가 반당을 너무 높게 평가한 것 같았다.

아니, 그보다 그의 무공이 상대적으로 너무 높았기 때문일지도 모른다.

"사, 사술……?"

반당이 방심한 초식동물처럼 그대로 서서 쇄도해 드는 설무백을 그저 바라만 보고 있었다.

감히 반격이나 반항은커녕 움직일 생각조차 전혀 하지 못하는 모습이었다.

덕분에 추가로 더 움직일 필요가 없어진 설무백은 그대로 그의 멱살을 틀어잡고 날아서 전각의 지붕으로 올라섰다.

반당이 그 와중에 정신이 들어서 반항의 몸짓을 보였으나,

설무백은 그와 동시에 손을 서서 그의 마혈을 점해 꼼짝도 못 하게 만들어 버렸다.

"멈춰라!"

설무백은 본능처럼 소리쳤으나, 사실 그럴 필요도 없었다.

장내를 휘저으며 살육을 벌이던 오십여 명의 도부수들이 이미 얼어붙은 듯 멈춰 서서 그와 그의 손에 잡힌 반당을 바라보고 있었다.

몸은 굳어졌으나, 입은 멀쩡히 살아 있는 반당이 그 순간에 말을 더듬었다.

"너, 너는 누구냐?"

"그건 알 것 없고……!"

설무백은 대수롭지 않게 질문을 무시하며 말했다.

"죽기 싫으면 내가 묻는 말에나 제대로 대답해라! 대체 남 맹이 뭘 주워 먹을 것이 있다고 여기까지 와서 이따위 살육을 벌이는 것이냐?"

반당이 그 순간에 공야무륵 등의 뒤를 이어 장내에 도착한 운몽지학을 바라보며 음충맞게 웃었다.

"낭설이다 뭐다 하며 주제넘게 악을 쓰더니 결국 사전에 이런 뒷배를 마련해 두었던 거구나. 큭큭……!"

운몽지학이 이마에 핏대를 세우며 소리쳤다.

"이놈! 적반하장도 유분수지, 어찌 이런 짓을 벌인 네놈의 입에서 그 따위 말이 나오느냐!"

반당이 웃었다. 비웃음이었다.

"아까 낮에는 남맹의 사자를 어찌 기망할 수 있겠냐며 굽실거리더니, 큭큭……! 이제야 본색이 나오네. 이봐, 늙은이, 너 벌써 내가 남맹의 사자라는 것을 잊은 거야?"

"이, 이놈이 그래도 정녕……!"

운몽지학이 이를 갈며 앞으로 나섰다.

정확히는 지상을 박차고 날아오르려는 동작이었다.

설무백에게 제압당해 있는 반당을 공격하려고 그들이 올라선 지붕에 오르려는 것이었다.

그러나 발을 내딛던 운몽지학이 갑자기 움찔하며 그대로 멈추어 섰다.

돌이켜 보면 조금 전 설무백에게 제압당하기 직전에 드러낸 반당과 같은 태도였다.

방심한 초식동물처럼 혹은 밝은 곳에 있다가 갑자기 어두운 장소로 들어선 것처럼 당황스러운 듯, 동작을 멈추는 모습이었다.

이유가 있었다.

사악-!

운몽지학의 시야가 갑자기 어둡게 변했다.

오직 그만이 느낄 수 있는 변화였다.

사위를 밝히던 불이 꺼진 것처럼 그의 주변이 순식간에 캄캄한 어둠의 공간으로 변해 버린 것이다.

그러나 설무백은 이미 반당을 제압하던 순간부터 그와 같은 변화를 느끼고 있었기 때문에 절로 눈살을 찌푸렸다.

"요미! 한 번만 더 나서면 집으로 돌려보낸다!"

그랬다.

바로 요미였다.

조금 전의 반당도, 그리고 지금 나서려 했던 운몽지학도 그녀가 펼친 전진도문의 사술에 일시적으로 시야를 잃어서 아무런 행동도 취할 수 없게 된 것이다.

"쳇!"

어디선가 불만 가득한 헛소리가 들려오며 운몽지학의 시야가 거짓말처럼 밝아졌다.

운몽지학이 급변한 주변의 환경에 놀라서 귀신에 홀린 표정으로 굳어졌다.

설무백은 그사이 반당의 목을 힘주어 틀어잡으며 공야무륵 등을 향해 명령했다.

"지금부터 이놈의 입에서 내가 원하는 대답이 나오지 않으면 졸개들을 처치해라! 첫 번째는 하나, 두 번째는 둘! 그다음엔…… 말 안 해도 알지?"

"옙!"

공야무륵이 힘차게 대답하며 어느새 뽑아 든 도끼를 높이 쳐들었고, 혈영과 사도가 살기를 드높이며 칼자루를 곧추세웠다.

반당이 그 모습을 보며 예의 음충맞은 기소를 흘렸다.

"큭큭큭……! 야, 너 설마 지금 내게 의리나 동료애 뭐 이딴 걸 기대하는 거냐? 미치겠다, 정말! 큭큭큭……!"

설무백은 상관하지 않고 장내가 잘 보이도록 반당의 신형을 돌려세우며 물었다.

"여기 온 이유는?"

반당이 대답 대신 계속 음충맞은 기소를 흘렸다.

"큭큭큭……!"

공야무륵이 번개처럼 사내 하나를 노리며 가차 없이 도끼를 휘둘렀다.

서걱-!

지근거리에 있던 사내 하나의 목이 허공으로 떠오르며, 뒤늦게 뿜어진 피가 사방으로 뿌려졌다.

설무백은 그에 아랑곳하지 않고 다시 물었다.

"여기 온 이유는?"

반당이 다시금 음충맞은 기소를 흘렸다.

"큭큭큭……!"

이번에도 공야무륵은 가차 없이 도끼를 휘둘러서 두 사내의 목을 베어 냈다.

장내가 삭막한 공포에 잠식되었으나 설무백은 상관하지 않고 무심하게 같은 질문을 던졌다.

"여기 온 이유는?"

반당이 또다시 음충맞은 기소를 흘렸다.

다만 이번에는 말이 따라 붙었다.

"큭큭큭……! 아서라 말아라. 바랄 걸 바라야지. 헛수고 그만하고 정신 차려라. 나도 나지만 쟤들도 나랑 같아. 우리는 충성심이니 뭐니 그런 거 없어. 그냥 시키니까 따르는 거야. 왜? 두려우니까. 안 그러면 죽거든."

공야무륵이 상관하지 않고 다시 나서서 순식간에 세 개의 주검을 더 만들어 냈다.

일말의 망설임도 없는 손 속, 너무나도 기계적인 행동이라 더욱 두려운 공포를 자아내는 모습이었다.

설무백도 그랬다.

그는 표정 하나 변하지 않고 무심하게 다시 또 물었다.

"여기에 온 이유는?"

"큭큭큭……!"

습관처럼 음충맞은 기소를 흘리는 반양의 눈빛이 붉어졌다.

감출 수 없는 분노의 기색, 이어진 말도 그랬다.

"정말 한심해서 못 봐주겠네! 정말 네 눈엔 지금 쟤들이 내가 다칠까 봐, 그러니까 충성심 때문에 도주도 안 하고 저리 꼼짝도 안 하는 것 같으냐? 큭큭큭……!"

그는 미친 듯이 웃다가 씹어뱉듯 덧붙였다.

"천만에 말씀, 그거 아니야! 쟤들은 그냥 후환이 두려워서 저러고 있는 거야! 원래 우리가 좀 애들을 무섭게 다루거든! 그니까, 괜한 시간 낭비 말고 그만하자! 그냥 죽이라고! 정말이지 기다리기 지루해서 그래!"

무언가 억누른 그의 투덜거림과 상관없이 공야무륵이 무심하게 도끼를 쳐들며 나섰다.

혈영과 사도가 천천히 그의 옆에 붙었다.

이번에는 넷이니, 그들도 도우려는 태도였다.

설무백은 슬쩍 손을 들어서 그런 그들을 말리며 반당에게 특유의 미온한 미소를 보였다.

"너는 몰라도 쟤들은 약간의 동료애라도 있을 거라고 생각했는데, 이제 보니 너도 같구나?"

반당이 오만상을 찡그렸다.

"뭐, 뭐라고?"

설무백은 대수롭지 않게 반당의 뒷덜미를 놓아주며 부연했다.

"내가 오해했다고. 너도 없지 않다고. 그게 동료애인지 수하에 대한 의리인지는 몰라도 너, 갑자기 말이 많아지고 있잖아. 안 그래?"

"이런, 미친놈!"

"강력한 부정만큼 긍정에 가까운 것도 드물지."

발작적으로 돌아선 반당이 너무나도 어처구니가 없어서 더는 욕도 못하겠다는 표정으로 설무백을 노려보았다.

대번에 가없는 살기를 드러내면서도 선뜻 나서지 못하는 것은 그가 설무백의 기도에 혹은 기세에 완전히 압도당했기 때문이다.

반당은 의지와 무관하게 조금도 움직일 수 없었다.

'대체 이런 놈이 어디에 있다가 나타난 거지?'

설무백은 그런 반당을 지그시 바라보며 입가의 미온한 미소를 한결 더 짙게 띠웠다.

"내가 너 같은 놈을 잘 알아. 이래저래 겁이 많지. 그래서 역으로 독하게 나가는 거야. 빨리 끝내고 싶어서. 지지부진하게 고통 받는 것보다는 그냥 죽는 게 낫다고 생각하는 거지."

무백이 고개를 저으며 다시 말했다.

"하지만 미안하게도 뜻대로는 못 해 주겠다. 나 너 안 죽여. 대신 죽고 싶도록 만들어 줄게. 두 다리에 팔 하나 정도면 되지 않을까 싶다. 그래도 밥숟갈은 떠야 하니 한 손은 남겨 줘야지. 아, 물론 너만이 아니라, 쟤들도 전부 다."

그는 웃는 듯 화를 내는 듯 묘하게 일그러진 눈초리로 반당을 직시하며 재우쳐 물었다.

"어때? 내가 할 수 있을 것 같아, 아니면 못 할 것 같아?"

반당의 얼굴에서 경련이 일어났다.

참고 싶어도 참을 수 없는 경련이었다.

그 상태로, 그는 한동안 설무백을 주시하다가 이내 길게 한숨을 내쉬었다.

"아, 시발! 어째 진짜 더러운 골통 새끼한테 된통 걸린 것 같네, 니미!"

설무백은 아무렇지도 않게 그런 반당을 물끄러미 응시하며 보란 듯이 팔짱을 꼈다.

"다 필요 없고, 하나만 제대로 얘기해 주면 이대로 그냥 돌려보내 주마."

그는 한결 더 곤혹스럽게 일그러지는 반당의 얼굴과 무관하게 질문했다.

"너희들이 여기 온 거, 누구의 뜻이냐? 남맹이야 아니면 냉유성이야?"

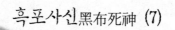
흑포사신黑布死神 (7)

-남맹의 지시이기도 하고, 우리 주군의 명령이기도 하다. 너도 나도 다 노리는 거라 이거지. 큭큭큭……!

-대체 노리는 게 뭔데?

-두 번째 질문이지만, 대답해 주지. 이제 곧 비밀도 아니게 될 일일 테니까. 전설이 말하는 천마의 보물이다. 그 전설이 사실인지 아닌지는 모르겠다만, 큭큭큭……!

설무백이 내심 반당과의 대화를 상기하며 못내 입맛이 쓴 참인데, 공야무륵이 불쑥 물었다.

"그냥 저리 보내 줘도 되는 겁니까?"

질문과 상관없이 차갑게 식은 공야무륵의 시선은 주섬주섬 동료들의 주검을 챙겨서 떠나고 있는 반당 등의 모습에 못이 박힌 듯 고정되어 있었다.

몹시 아쉽다는 태도였는데, 애써 내색은 삼가고 있었으나, 혈영과 사도, 반천오객도 영락없이 같은 눈치였다.

암중의 요미는 한 술 더 떴다.

—쫓아가서 죽여 버릴까?

—너 한 번만 더……!

—알았어, 알았어! 쳇!

설무백은 남몰래 암중의 요미를 단속해 두고는 운몽지학에게 시선을 주었다.

이미 적잖은 가솔들이 죽은 마당이라 분해서 치를 떨어야 마땅한 그는 의외로 차분한 모습이었다.

그만이 아니라 그의 주변으로 모여든 운몽세가의 사람들 대부분이 그랬다.

저 멀리 사라지고 있는 반당 등에게 고정된 그들의 시선에는 분함이나 억울함보다는 마냥 다행이라는 안도가 자리하고 있었다.

'추락하는 것에는 다 이유가 있는 법이지.'

설무백은 과거 무림 팔대 세가와 어깨를 견주던 운몽세가의 위세가 왜 이렇게 몰락했는지를 직접 눈으로 확인한 것 같아서 못내 입맛이 썼다.

하지만 기분은 기분이고 용무는 용무였다.

순간의 감정으로 용건을 잊을 만큼 그의 정신은 해이해져
있지 않았다.

"지금 상황에서 이런 얘기를 꺼낸다는 것이 매우 치졸해보
일 수도 있으나, 저도 사정이라는 것이 있으니 안면몰수하고
제 용건을 말씀드리도록 하지요."

운몽지학이 적잖게 긴장하는 가운데, 일그러진 미소를 입가
에 띠었다.

'그래, 너도 별수 없지.'라는 식의 비아냥거림으로 보이는
미소였다.

설무백은 그게 뻔히 느껴져서 불쾌했으나 애써 무시하며
용건을 드러냈다.

"여기 운몽세가에 단(斷) 노인이라는 노복이 하나 있을 겁니
다. 주로 주방과 정원에서 잡일을 하며 지내는 터라 가주께서
아실지 모르겠지만, 일찍이 지병으로 죽은 아들이 남긴 손자
와 같이 살고 있지요."

"……?"

운몽지학이 어리둥절한 표정으로 주변의 가솔들을 둘러보
았다.

그들도 예기치 못한 이야기에 당황한 반응이었고, 역시나
단 노인이 누군지도 모르는 모습이었다.

그의 시선을 받은 가솔들 중 하나가 눈치껏 고개를 끄덕였
다.

가솔 중에 그런 노인이 있다는 것이었고, 그는 그제야 다시 설무백에게 시선을 고정했다.

설무백은 상관하지 않고 계속 말했다.

"단 노인과 그 손자를 제가 데려갈 수 있도록 선처해 주십시오. 그게 바로 제가 여기 운몽세가를 찾아온 이유입니다."

운몽지학이 멍해진 표정으로 눈을 끔뻑거렸다.

그야말로 머리를 한 방 맞아서 정신이 없는 것 같은 표정이었고, 말까지 더듬었다.

"시, 실로 그게 단가? 저, 정말로 그게 본가를 찾아온 용건이란 말인가?"

"제 용건은 이게 답니다. 더는 없습니다."

"지, 진정 그게……?"

"제가 뭘 더 바라기를 원하십니까?"

"……!"

운몽지학의 입이 그제야 조용히 다물어졌다.

설무백은 그래도 눈빛만은 여전히 미심쩍은 기색인 운몽지학에게 냉정히 잘라 말했다.

"확실히 다시 말씀드리죠. 운몽세가의 노복인 단 노인과 그의 손자를 제가 데려가게 해 주세요. 그럼 지금 당장 이 자리에서 사라져 드리겠습니다."

운몽지학이 슬쩍 곁에 서 있던 장신의 중년 사내에게 시선을 주며 명령했다.

"도일(導日), 가서 그들을 데려 오거라."

장신의 중년 사내, 도일이 서둘러 자리를 뜨더니 얼마 지나지 않아서 추레한 몰골의 노인 하나와 열두세 살쯤으로 보이는 소년 하나를 데리고 왔다.

그리고 예기치 못한 사태가 벌어졌다.

도일이 데려온 것은 그들, 노소만이 아니었다.

구부정한 허리를 지팡이로 버티고 선 백발노인 하나가 그들의 뒤를 따르고 있었다.

설무백은 물론, 운몽지학도 전혀 예상하지 못한 일인지 당황한 기색으로 백발노인을 바라보는데, 백발노인이 대뜸 지팡이로 사납게 바닥을 두드리며 운몽지학을 윽박질렀다.

"얘기는 들었다만, 그건 안 될 말이다! 예사(藝嗣)는 절대 내줄 수 없다!"

"아, 아버님……!"

"아버님이고 자시고, 내 눈에 흙이 들어가기 전에는 어림도 없다! 차라리 네가 그리도 애지중지하는 천마의 보물을 내주면 내주었지, 예사는 절대 안 된다! 이 말을 해 주려고 굳이 나선 거다! 얘기 끝났으니, 이제 애를 데리고 돌아가마!"

운몽지학이 안절부절못하며 눈동자를 굴려서 설무백의 눈치를 보았다.

그만이 아니라 그의 곁에 시립한 운몽세가의 요인들 대다수가 연신 마른침을 삼키며 그처럼 전전긍긍하고 있었다.

하나같이 백주대낮에 떨어진 날벼락을 맞은 사람들처럼 놀라고 당황한 모습들이었다.

당연한 일이었다.

기실 그들은 앞서 반당이 설무백에게 천마의 보물에 대한 얘기를 해 준 것을 듣지 못했다.

설무백이 애초에 반당에게 질문을 던질 때부터 내공으로 주변을 차단했기 때문이다.

모르긴 해도, 반당이 순순히 그의 질문에 대답해 준 것 역시 그래서였는지 모른다. 자신의 말이 주변의 다른 사람들에게 전해지지 않는다는 것을 예리하게 간파하고 있는 그대로 줄줄이 불었을 수도 있다.

이유야 어쨌든, 그래서였다.

전후 사정을 모르는 운몽지학과 운몽세가의 요인들은 졸지에 감추고 있던 내밀한 사정이 드러나자 불안과 초초로 안절부절 못하며 설무백의 눈치를 보고 있었다.

설무백이 그들과 마찬가지로 놀라며 당황한 기색을 드러낸 까닭에 더욱 그랬다.

다들 설무백이 천마의 보물이라는 말에 반응한다고 생각했다.

그러나 그게 아니었다.

설무백의 태도는 그들이 생각하는 것처럼 즉, 천마의 보물이라는 이른 바 천마십삼보(天摩十三寶)와는 전혀 무관했다.

설무백의 놀람과 당황은 지팡이를 짚고 장내에 나타난 백발노인에게 있었다.

운몽지학이 아버지라고 부를 사람은 당연하게도 운몽세가의 전대 가주이자, 복건성 일대에서는 나름 명성을 쌓은 검객인 천비은검(天臂銀劍) 운몽자선(雲夢紫善) 하나뿐이었다.

그리고 설무백이 기억하기로, 정확히는 계산상으로 운몽자선은 이미 죽고 없어야 했다.

그런데 죽지 않고 살아 있었다.

석년처럼 멀쩡한 상태로 보이지는 않으나, 엄연히 살아 있는 모습이었다.

'내 계산이 틀린 건가?'

설무백은 혼란스러운 머리를 흔들며 애써 마음을 다잡았다.

그럴 수도 있고, 아닐 수도 있지만, 지금 중요한 것은 그게 아니었다.

그는 단예사(斷藝嗣)의 손을 잡아끌며 서둘러 장내에서 떠나려는 운몽자선을 향해 말했다.

"그렇게 자리를 떠나시면 아드님께서 매우 곤란한 상황을 직면하게 됩니다. 제가 원하는 건 그 아이지, 천마의 보물 따위가 아니니까요."

장내를 떠나려던 운몽자선이 그대로 발걸음을 멈추며 그를 돌아보았다.

썩어도 준치라고 했던가?

운몽자선의 눈가에서 서릿발처럼 차갑고 매서운 살기가 뻗어지고 있었다.

허리는 지팡이가 없으면 안 될 정도로 구부정하게 휘고, 얼굴에는 주름이 자글자글하며 눈가에는 진물이 흐르고 있음에도 불구하고 그는 여전히 무인이자, 검객인 것이다.

그러나 당대의 검호들에게조차 외눈 하나 깜빡하지 않고 대하는 설무백이 고작 일개 지방에서도 제대로 통하지 않는 늙은 검객의 살기에 동요할 리 없었다.

설무백은 무심하게 운몽자선의 시선을 마주했다.

살기는 아니었으나 그에 준하는 적개심이 그의 눈빛에서 쏟아져 나왔다.

운몽자선의 위협에 대한 대답이었다.

여차하면 그대로 베어 버릴 심산이었다.

그는 성인도 아니고, 군자도 아니며, 상대는 늙었어도 엄연한 무인이니, 베어 버리지 못할 이유가 없었다.

당연하게도 그에겐 그럴 수 있는 능력이 있었고 말이다.

운몽자선도 대번에 그것을 느낀 듯 살기를 거두며 몸서리를 치고는 아들인 운몽지학에게 시선을 돌렸다.

"너는 어떻게 생각하느냐?

운몽지학이 아버지의 마음을 익히 짐작하는지 선뜻 대답을 못하고 머뭇거렸다.

운몽자선이 새삼 한숨을 내쉬며 혀를 찼다.

"말해 무엇 하겠느냐. 어리석게도 저치의 태도를 참으로 다행이라고 여길 테지. 쯔쯔……!"

운몽지학이 조소와 다름없는 아버지의 무시에 감정이 뒤틀린 듯 얼굴을 붉히며 나섰다.

"아버님께서 마음에 드는 가솔들에게 선의를 베풀어 가문의 무공을 전해 주고 있다는 사실은 진즉부터 알고 있었습니다. 예사, 저 아이도 그중의 하나인 듯한데, 고작 그런 감정에 휘둘려서 가문의 미래를 저버리시려는 겁니까, 아버님?"

운몽자선이 거듭 혀를 차며 고개를 절레절레 흔들었다.

"쯧쯔……! 가문의 핏줄과 가신을 하나로 여기지 못하는 네놈의 편견은 둘째 치고, 가문의 미래를 가문의 진산절예가 아닌 외물에, 그것도 실체마저 모호한 마도의 물건에 거는 네놈의 무지가 참으로 통탄스럽기 짝이 없구나!"

운몽지학이 물러서지 않고 열변을 토했다.

"우리 운몽세가가 왜 이렇게 몰락했는지 한 번이라도 지난 세월을 돌아보셨다면 절대 그런 말씀을 하실 수 없습니다, 아버님! 우리는 지키지 못해서 이리 된 것이 아닙니다! 가지지 못해서, 새로운 것을 인정하지 못하고 받아들이지 않아서 이리 몰락한 겁니다! 아시겠습니까, 아버님!"

그는 이제 죽어도 절대 그럴 수 없다는 듯 힘주어 고개를 흔들며 강변했다.

"저는 그리 못합니다! 아니, 그리 하지 않을 겁니다! 두고 보십시오! 우리 운몽세가가 제 손에서 어떻게 커 나가는지 말입니다!"

제아무리 아들에게 외면당해도 또한 아무리 아들이 한심하고 답답해 보여도 아버지는 아버지였다.

운몽자선은 더 이상 자신이 나설 수 없다고 판단했는지, 다시금 땅이 꺼져라 한숨을 내쉬는 것으로 한풀 꺾인 기세로 단 노인을 바라보며 물었다.

"상황이 이러니 어쩔 수 없네그려. 여기 남든 가든 자네가 선택해야겠네."

단 노인이 어색한 미소를 흘리며 대답했다.

"노복은 그저 아무 생각 없는 늙은이에 불과합니다, 주인어른. 하니, 굳이 이 노복에게 물으신다면 노복은 그저……."

그의 시선이 단예사에게 돌려졌다.

"마땅히 이 녀석의 결정에 따르렵니다."

운몽자선이 그럴 줄 알았다는 듯 희미하게 웃고는 단예사에게 시선을 고정하며 물었다.

"하니, 어찌하겠느냐?"

단예사는 넓은 이마와 가지런한 눈썹과 반달 같은 눈에 맑은 눈동자를 가졌고, 쭉 뻗은 콧날 아래 자리한 선이 굵은 입술과 알맞게 꺾어진 턱의 윤곽으로 단순히 영민해 보이기만 한 것이 아니라, 어린 나이답지 않게 깊이와 기품이 느껴지는 아이였다.

그런 아이의 태도 역시 진중하고, 말 또한 그와 같았다.

그는 한동안 설무백을 바라보며 신중하게 생각하고 나서야 대답했다.

"저는 저 형님을 따라가겠어요."

운몽자선의 노안이 한껏 일그러졌다.

혹시나 했던 마지막 기대가 무너지자 실망을 금치 못하는 모습이었다.

이윽고, 그가 애써 미소를 지어 보이며 물었다.

"네 의견이 그렇다면 그리하마. 다만 네가 왜 그런 결정을 내렸는지가 못내 궁금하구나. 혹시 말해 줄 수 있겠느냐?"

단예사가 슬쩍 고개를 돌려서 못내 기꺼운 기색을 감추지 못하고 있는 운몽지학을 지그시 바라보며 대답했다.

"그간 저를 아껴 주신 주인어른께는 정말 죄송하지만, 저를 믿어 주지 않는 분과 함께하고 싶지는 않네요."

건방지게 들릴 정도로 사뭇 냉정한 대꾸였다.

운몽자선의 얼굴에 드리워진 실망의 그림자가 더욱 짙어지고, 기꺼워하던 운몽지학의 눈빛이 차갑게 식었다.

참으로 방자한 놈이 아닌가.

그런 그의 심정을 아는지 모르는지 단예사가 깊숙이 허리를 접어서 인사했다.

"그동안 보살펴 주셔서 감사합니다."

그러고는 아무렇지도 않게 단 노인의 손을 잡아끌며 설무백의 곁으로 왔다.

앞선 말만큼이나 냉정한 태도가 아닐 수 없었으나, 상황은 그렇게 정리되었다.

설무백은 애초의 계획대로 단 노인과 단예사를 데리고 운몽세가를 등지며 돌아섰다.

그들이 멀어지면서 어둠에 파묻히는 모습을 보며 운몽지학은 다행이라는 안도 속에 못내 사나운 눈빛으로, 운몽자선은 마냥 안타까운 시선으로 바라보고 있었다.

"사실인가요, 그 말?"

운몽세가를 등지고 무이산의 드넓은 치맛자락을 벗어나는 시점이었다.

무슨 생각을 하는지 내내 어두운 안색이던 소년, 단예사가 불쑥 던진 질문이었다.

설무백은 슬쩍 단예사를 일별하며 반문했다.

"뭐가?"

"운몽세가가 사라질 거라는 소리요."

"내가 그랬나?"

"그랬어요, 틀림없이!"

단예사가 다부지게 잘라 말했다.

"제 귀에 들렸어요! 아마도 전음이었겠죠!"

사실이었다.

설무백은 전음으로 그런 말을 단예사에게 전했었다.

"그럼 그런 거겠지."

단예사가 즉시 물었다.

"제가 따라가지 않으면 그렇게 만들겠다는 소리였나요?"

설무백은 고개를 저었다.

"아닌데?"

"아, 아니라고요?"

단예사가 적잖게 당황한 기색으로 설무백의 얼굴을 뚫어지게 바라보았다.

그의 진심을 알아보고 싶은 모양이었는데, 무심하고 무덤덤하기만 한 설무백의 태도에서 어린 그가 찾아낼 수 있는 것은 아무것도 없었다.

그때.

"그게 너랑 무슨 상관인데?"

낭랑한 목소리가 들려오며 설무백의 한쪽 어깨로 갑자기 거뭇거뭇한 기운이 서리더니, 이내 색이 짙어지며 그것은 곧 사람의 형태로, 다시 완전한 사람의 모습으로 변했다.

요미였다.

전진도문의 절대사공인 사천미령제신술을 풀고 모습을 드

러낸 그녀가 새처럼 설무백의 어깨에 앉은 것이었다.

"……!"

설무백은 짐짓 미간을 찌푸렸다.

요미가 슬며시 두 손을 뻗어서 일그러진 그의 이마를 억지로 피며 말했다.

"아까 말도 잘 들었는데 이 정도는 좀 봐 주라, 오빠야."

설무백은 너무나도 천연덕스러운 그녀의 태도에 기가 막혀 외면해 버렸다.

요미가 그걸 허락으로 받아들인 듯 단예사에게 시선을 고정하며 거듭 물었다.

"대답 안 해? 그게 너랑 무슨 상관이냐고? 설마 너 그래서 억지로 따라왔다는 거냐?"

요미가 특별하다면 단예사도 보통이 아니었다.

보통의 아이라면 귀신처럼 혹은 유령처럼 나타난 요미의 모습에 기절초풍해서 나자빠졌을 테지만, 단예사는 달랐다.

그저 흠칫 놀라 한걸음 뒤로 물러난 것이 다였다.

이내 평정을 되찾은 그는 냉정하게 요미를 쳐다보며 말했다.

"너 몇 살이냐?"

갑작스러운 역습이었으나, 요미가 전혀 당황하지 않고 표독스럽게 쏘아붙였다.

"버르장머리 없이 숙녀에게 나이를 묻는 태도는 어디서 배워 처먹었냐?"

단예사가 웃었다.

"나보다 어리지 너?"

요미가 싸늘한 기색으로 팔짱을 꼈다.

"아니면 내 손에 죽는다, 너?"

단예사가 찔끔했다.

"며, 몇 살인데 너?"

요미가 쌍심지를 곤두세웠다.

"숙녀에게 나이를 묻는 건 실례라고 눈치를 줬을 텐데, 돌
대가리냐, 너?"

단예사가 그녀의 기세에 밀렸다.

더는 달리 반박할 말이 떠오르지 않는지, 그의 기색이 곤혹
스럽게 변했다.

요미가 여우처럼 그것을 간파하며 다그쳤다.

"쫄리면 그만 버티고 어서 대답하지? 너 정말 그래서 억지
로 따라온 거야?"

설무백은 두 아이를 말리려다가 그만두었다.

이건 그도 관심이 가는 질문이었다.

우물쭈물하던 단예사가 이내 시선을 설무백에게 돌리며 입
을 열었다.

아무리 그래도 여자인 요미에게 굴복하긴 싫다는 사내의 자
존심으로 보였다.

"그게 이유는 아닙니다. 아니, 약간은 이유이기도 한데, 그
보다는 그냥 편하게 무공을 익히고 싶어서 따라온 겁니다. 거
기선 언제나 눈치를 보느라 맘 놓고 무공을 익힐 시간이 거의
없었거든요. 하지만……."

문득 그의 목소리가 어눌하게 바뀌었다.

울고 있지는 않지만, 우는 것 같은 목소리였다.

"……저를 아껴 주시고 가문의 비전 무공까지 알려 주신 주
인어른께는 정말 미안하고, 또 걱정이 됩니다. 안 그래도 쇠잔
하셔서 별채를 벗어나지 못하셨는데, 혹시라도 이번 일로 충
격을 받으셔서 무언가 좋지 않은 일이라도……."

못내 말꼬리를 흐린 그는 애써 새롭게 목청을 가다듬고 나
서 다시 말했다.

"그래서 물은 겁니다. 저만 가면 되는 건지, 아니면 제가 모
르는 다른 일이 있는 건지 몰라서…… 아니, 겁나서요."

요미가 오만상을 찡그리며 눈총을 주었다.

"사내자식이 찔찔 짜긴……!"

설무백은 슬쩍 고개를 돌려서 요미를 보았다.

요미가 재빨리 입을 다물고 먼 산을 바라보았다.

"알았어, 조용히 할게."

설무백은 그제야 단예사에게 시선을 주며 말했다.

"운몽세가는 너의 선택과 상관없이 망할 거다. 바로 운몽지
학이 애지중지하는 그 물건 때문에. 네가 나를 따라오지 않고

거기 남았다면 그냥 그들과 운명을 같이하는 것뿐이다. 달라지는 것은 하나도 없다."

그는 말미에 물었다.

"설마 그들과 운명을 같이하고 싶으냐?"

단예사가 고개를 저으며 안타깝다는 듯 말했다.

"……그러고 싶진 않지만, 하다못해 주인어른 한 사람만이라도……!"

설무백은 냉정하게 말을 자르며 물었다.

"네가 말하는 주인어른이라면 운몽자선이겠지?"

"예…….."

"운몽자선이 네게 잘해 주었다는 얘기는 아까 들었다만, 그래서 드는 의문이 하나 있다. 너는 왜 아직도 그를 주인어른이라고 부르는 것이냐?"

"예……?"

단예사가 질문의 요지를 전혀 파악하지 못하는 눈치였다.

설무백은 가만히 고개를 끄덕였다.

단예사는 아직 어렸다.

적어도 사람들이 저마다 가지고 있는, 아니, 숨기고 있는 내면의 이기심을 읽어 낼 수 있을 정도로 성숙하지는 못했다.

설무백은 답변을 기다리지 않고 바로 자신의 생각을 밝혔다.

"운몽자선은 보기 드물게 인자하고 착한 사람일 거다. 그리고 가문의 핏줄이 아닌 일개 종복에게 비전 무공을 사사하는 것을 보면 상당히 진취적인 사고를 가진 사람이기도 할 거다. 하지만 그게 다다."

그는 단호하게 잘라 말했다.

"네가 사부는커녕 그냥 편하게 할아버지라고 부르지도 못하고 있다. 이는 네가 거북해서일 수도 있지만, 그에 앞서 그가 원하지 않았다는 거다."

"……!"

"원했다면 네가 무슨 말로 거부했어도 그대로 두었을 리 없다. 그는 네게 거기까지는 허용하고 싶지 않았던 것이다. 아니다, 아니다 하면서도 실제는 자신과 너의 신분에 차이가 있음을 부정하지 않았다는 것이지. 물론 너도 그걸 아니까 내색을 안 했을 테고."

"……!"

"아까 그 자리에서도 그렇다. 그가 너를 정말 보내기 싫었다면 무슨 수를 써서라도 보내지 않았을 거다. 제아무리 박한 아들이라도 아버지의 명을 거역하기란 쉽지 않은 법이니까. 그런데 그는 그러지 않았다."

"……!"

"그는 선인이 아니다. 악인이 되기 싫어서 선인인 척하는 것일 뿐이다. 나는 그런 자가 정말 싫다. 차라리 자신의 욕심을 채우려고 발버둥치는 운몽지학보다도 더!"

요미가 그의 말이 끝을 맺기 무섭게 탄성 아닌 탄성을 크게 내질렀다.

"와, 오빠 정말 대단! 어린 애를 그냥 인정사정없이 현실로 두들겨 패 버리네!"

"쓰……!"

설무백은 혓소리를 내며 그녀를 쏘아보았다.

요미가 찔끔 자라목을 하고는 그대로 물거품처럼 꺼지며 그의 어깨에서 사라졌다.

와중에도 설무백을 놀라게 만드는 그녀의 사술은 극치였다.

설무백은 다시 마음을 다잡으며 단예사에게 시선을 주었다. 하지만 이제 그가 해 줄 말은 더 없을 것 같았다.

아이답지 않게 참혹해진 표정으로 고개를 숙이고 있는 단예사는 이미 모든 것을 인지하고 수긍한 사람의 모습이었다.

설무백은 슬며시 그런 단예사를 외면했다.

그리고 그와 같으면서도 다른 표정으로 한숨을 내쉬고 있는 단 노인에게 적잖은 은자가 들어 있는 전대를 건네며 당부했다.

"애를 데리고 난주의 풍잔으로 가세요. 제 이름을 대면 알아서 거처를 마련해 줄 겁니다."

단 노인은 두 말없이 고개를 끄덕이는 것으로 수긍하며 단예사를 데리고 자리를 떠났다.

설무백이 잠시 멀어지는 그들을 바라보고 있는 사이, 이때를 기다렸다는 듯 암중의 반천오객이 너도나도 입을 열었다.

"천마십삼보의 전설에 대해서는 우리도 들은 바가 적지 않지."

"천마가 긁어모은 천하의 보물들이라는 소문도 있고, 그가 죽기 직전에 얻은 심득이라는 소문도 있지 아마?"

"그보다는 천마가 평생 동안 익힌 무공과 아끼던 물건이라는 소문이 더 맞지 않냐? 안 그래, 화상? 넌 전부터 관심이 많았으니까 우리보단 자세히 알고 있을 거잖아?"

"어차피 입에서 입으로 전해진 전설인데 자세히 알고 모르고가 무슨 상관이냐? 그냥 천마의 물건이라는 것만 알면 되는 거다."

"천마의 물건이 객지에 나와서…… 가 아니라. 그래서 말인데, 정말 우리 이대로 그냥 가는 거냐?"

반천오객은 설무백이 운몽세가가 천마의 보물을 가졌다는 얘기를 듣고도 아무렇지 않게 돌아선 것을 못내 납득하지 못하고 있었다.

그러나 설무백은 전에 없이 냉담하게 말했다.

"세상이 어수선해지면 이런저런 낭설이 떠돌아서 세상을 더욱 혼란스럽게 만드는 법이지요."

묵면화상이 물었다.

"천마십삼보의 전설이 가짜라고 생각하나?"

설무백은 대수롭지 않게 고개를 저으며 말했다.

"단정하긴 어렵지요. 가짜일 수도 있고, 진짜일 수도 있습니다. 다만 오랜 과거부터 중원 무림이 혼란에 빠지면 항상 무림인들을 유혹하는 소문이 크게 부상합니다. 그리고 언제나 그중 최고는 천마십삼보와 다라십삼경(多羅十三經)에 대한 전설이지요."

천마십삼보는 천마의 유물이라는 열세 가지 보물에 대한 전설이고, 다라십삼경은 오랜 과거, 소림사를 세워서 선종의 시조가 된 발타선사(跋陀禪師)가 천축에서 가져왔다는 열세 가지 절대 무학에 대한 전설이었다.

원류가 어딘지는 몰라도 시기는 엇비슷한 이 두 가지 전설은 설무백의 말마따나 강호 무림의 정세가 어지러워질 때면 어김없이 등장해서 혼란을 더하고, 피를 뿌렸다.

"그런데 정작 그걸 가졌다는 혹은 익혔다는 사람이 그간 하나라도 있었나요?"

없었다.

"숨기는 거 아닐까?"

"그걸 숨겨서 뭐 하게?"

"그게 정말 보물이라면 뺏길까 봐 숨기는 거고, 절세의 신공이라면 몰래 익히느라 드러나지 않는 것일 수도 있지."

"야, 이 밥통아! 그 전설들이 시작된 지가 벌써 수백 년도 넘었다! 여태 벽장 속에 숨겨 놓을 보물이면 가져서 뭐 할 거며,

여태 그 누구도 익히지 못한 무공이라면 배워서 뭐 할 거냐?"

"아, 그게 또 그런가?"

"아는 무슨……!"

"아나, 전설이 객지 나와 고생한다, 니미……!

자기들끼리 의문을 제시하고 대답하며 결론까지 내려 버리니 설무백은 더 이상 뭐라고 할 말이 없었다.

공야무륵이 그런 그의 곁으로 다가와서 말했다.

"아무리 그래도 진위를 가려 볼만은 한데, 그런 생각조차 하지 않으신 것을 보니, 설령 운몽지학이 얻은 물건이 진짜라고 해도 그 아이가 더 낫다고 생각하신 거네요."

설무백은 특유의 미온한 미소를 드러내며 고개를 저었다.

"그건 아냐. 내가 그저 천마십삼보는 환상이지만, 저 아이는 현실이라고 생각하는 것뿐이지."

사실이었다.

그가 아는 천마십삼보나 다라십삼경은 언제나 구름처럼 세상을 떠도는 환상에 불과했다. 적어도 지금 떠도는 천마십삼보나 다라십삼경은 전부 다 확실히 그랬다.

전생의 그가 흑사신으로 활동할 당시에도 천마십삼보나 다라십삼경은 시시때때로 무성하게 나돌며 피를 뿌렸지만, 진짜가 나타난 경우는 한 번도 없었다.

반면에 단예사는 진짜다.

지금은 아무도 모르지만, 앞으로 십 년 안에 강호 무림의 모두가 알게 된다.

운몽자선에게 운몽세가의 비전 절기인 화령검법(火靈劍法)을
전수받은 단예사는 이후 운몽세가의 그 누구도 도달하지 못한
화령검법의 극의를 성취하며, 화염검(火炎劍)이라는 별호 아래
천하십검의 한자리를 차지한다.

전생을 통해서 그 모든 사실을 익히 잘 알고 있는 그가 어
찌 일개 환상에 불과한 천마십삼보를 놓고 단예사와 비교할
수 있을 것인가.

"그래서 이제는 또 누구를 찾아가는 거죠?"

공야무륵이 물었다.

암중에서 자기들끼리 티격태격하고 있던 반천오객이 거짓
말처럼 입을 다물며 귀를 쫑긋 세웠다.

늘 전혀 예상하지 못한 사람들과 만나게 되는 설무백의 행
보에 완전히 빠져 버린 그들이었다.

못내 입가에 미소를 지은 설무백이 발길을 재촉하며 북쪽
하늘을 바라보았다.

"절강성(浙江省) 회계산(會稽山)에 아주 뛰어난 숙수가 있어.
길만 순조롭다면 대략 보름 안에 평생을 두고 절대 잊을 수 없
는 요리를 먹을 수 있을 거다."

그러나 회계산으로 가는 길은 전혀 순조롭지 않았다.

복건성의 성 경계를 넘어서 절강성의 중부를 향해 나아가
는 도중부터였다.

그들의 발길을 막는 자들이 나타나기 시작했다.

우습지 않게도 이유는 거기서 또 하나의 천마십삼보가 나타났기 때문이었다.

"아니, 왜 이제 온 거야? 아무리 세월이 좀먹는 게 아니라도 그렇지 너무 오래 걸렸잖아?"

절강성으로 남부를 벗어나다가 만난 드넓은 야산, 대양산(大洋山)의 초입이었다.

관도변의 나무 그늘에 앉아 쉬던 사내들 중 하나가 발딱 일어나서 화를 내고 있었다.

설무백은 멀리서부터 사내들의 존재를 느끼고 또 보았지만, 갑자기 벌떡 일어난 사내가 대체 누굴 보고 말하는 건지 처음에는 전혀 몰랐다.

처음 보는 사내가 마치 약속 장소에 늦게 나타난 친구를 대하듯 화를 내고 있으니, 자신은 아니라고 생각한 것이었다.

그러나 사내는 무백에게 말하고 있었다.

얼떨결에 돌아본 뒤에는 아무도 없었고, 사내의 시선은 그에게서 떨어질 줄 몰랐다.

삼자인 공야무륵이 먼저 상황을 인지하며 말했다.

"영업 방법이 특이한 건지 저놈이 특이한 건지 모르겠네요."

설무백은 그제야 상황을 이해하며 실소했다.

다가서던 사내가 그런 그를 쳐다보며 정말 기가 차다는 표정을 지었다.

"웃어? 우리는 기다리다 지루해서 죽을 지경이었는데, 너는 웃음이 나오냐, 지금?"

설무백은 괜히 일일이 대꾸하기 싫어서 그냥 입을 다문 채 사내를 훑어보았다.

선두에서 다가서는 사내는 물론 그 뒤를 어슬렁어슬렁 따르는 사내들도 삼십 대 초반으로 보였는데, 제법 범상치 않은 기도가 느껴졌다.

험상궂은 인상은 차지하고, 다들 태양혈이 굳은 데다 얇은 청삼 무복을 걸치고 있어서 그렇게 보지 않을 수 없었다.

농번기가 시작되는 청명(淸明 : 4월 4일)이 지났지만, 아직도 아침저녁으로 서리가 내리고, 낮에도 여전히 살얼음이 어는 싸늘한 날씨였다.

그런 날씨에 바람이 숭숭 새는 얇은 무복을 걸쳤다는 것은 다들 이미 한서불침(寒暑不侵)의 경지에 올랐다는 것을 자랑하려는 의도일 것이다.

물론 그 정도는 설무백에게, 아니, 공야무륵을 비롯한 다른 이들에게도 매우 우스운 수준이었다.

아니, 그냥 가소로웠다.

사내에 대한 관찰을 끝낸 설무백은 구구절절한 얘기를 하기 싫어서 그냥 물었다.

"나를 기다렸나?"

청삼사내가 히죽 누런 이를 드러냈다.

"당연하지."

"왜?"

"왜긴? 네게 볼일이 있으니까 그렇지."

설무백은 너무나 당당한 사내의 대꾸에 다시금 헷갈렸다.

"나를 아나?"

청삼사내가 거듭 히죽 웃었다.

"에이, 알다마다. 은성장(銀城莊)의 손(孫)가 도련님이잖아."

"내가 은성장의 손 가 도련님이라고?"

"무슨 시치미를 그리 어설프게 떼려고 이러나 그래? 흐흐흐……!"

설무백은 어이가 없었다.

사람을 잘못 봐도 이렇게 잘못 볼 수가 있나 싶었다.

그는 귀찮아서 그냥 물었다.

"그래서?"

"그래서는 무슨 그래서야? 지금 네가 빼돌리려는 그 물건을 순순히 그냥 내놔라 이거지."

"내가 어떤 물건을 가지고 있는데?"

청삼사내의 눈빛이 변했다.

살기 넘치는 눈빛이었다.

"이거 자꾸 왜 이래? 아무리 글공부만 했어도 그렇지, 이렇게 사람 볼 줄 몰라서 이 험한 세상을 어떻게 살려고? 내가 어떤 사람인지 척보면 모르겠어? 나 손에 피 묻히는 거 정말 싫어하는 사람이니까, 그냥 순순히 내놔!"

말로는 손에 피 묻히는 거 싫어하는 사람이라면서 그는 슬며시 허리의 검을 뽑고 있었다.

칼날이 흉악하게도 일그러진 톱날 같은 형태로 만들어진 거치도(鋸齒劍)였다.

설무백은 웃었다.

비웃음도 아니고, 그냥 가소로워서 나오는 실소였다.

"나도 왕년에 도련님 소리를 듣고 자라긴 했지. 근데, 나는 네가 아는 그쪽 도련님과 달리 좀 사나운 편인데, 괜찮겠냐?"

청삼사내가 어이없다는 듯 웃었다.

"뭐라는 거냐, 너?"

공야무륵이 나섰다.

"죽일까요?"

설무백은 고개를 저었다.

"물어볼 게 있으니까, 죽이는 마."

같잖다는 듯 웃던 청삼사내가 보란 듯이 도끼눈을 뜨며 설무백과 공야무륵을 번갈아 보았다.

정말이지 사리판단을 못하는 놈이었다.

"아니, 이 새끼가 정말……! 야, 너 정말 내가 누군지 몰라? 나야 나! 독각사(獨角蛇) 두양(頭揚)이라고!"

공야무륵이 악을 쓰는 청삼사내, 독각사 두양을 향해 시큰둥한 태도로 주섬주섬 도끼를 빼들며 다가갔다.

설무백이 그렇듯 그 역시 독각사 두양이 어디서 뭐 하는 놈인지 전혀 모르는 눈치였다.

"아나, 별 거지 같은 게……!"

두양이 대번에 거치도를 휘둘러서 공야무륵의 목을 베어 갔다.

생각보다는 빠르게 칼날이 돌아갔다.

제법 삼류는 벗어난 수준의 칼질이었다.

그러나 당연하게도 공야무륵을 위협할 정도는 아니었다.

퉁퉁해서 절대 빠를 것 같지 않은 공야무륵의 신형이 바람처럼 빠르게 옆으로 이동해서 돌아가는 거치도의 서슬을 피했다. 그와 동시에 자연스럽게 휘둘러진 그의 도끼가 두양의 뒷목을 후려쳤다.

"억!"

두양이 헛바람을 삼키며 앞으로 고꾸라졌다.

목은 떨어지지 않았다.

혼절이었다. 설무백의 지시를 기억한 공야무륵이 도끼의 날이 아니라 옆면으로 후려쳤기 때문이다.

"저, 저놈이……!"

두양의 뒤를 따르던 사내들이 놀라서 커진 눈을 부릅뜨며 달려들었다.

공야무륵이 태연하게 그들이 휘두르는 칼날 사이로 뛰어들어 도끼를 휘둘렀다.

빠르게 휘두른 사내들의 칼날은 공야무륵을 빗나갔지만, 느긋하게 휘두른 공야무륵의 도끼는 사내들을 빗나가지 않았다.

퍼벅—!

둔탁한 타격음이 연속해서 울렸다.

네 명의 사내가 거의 동시에 비명도 없이 피를 뿌리며 사방으로 나가떨어졌다.

말 그대로 즉사였다.

공야무륵은 이번에 앞서 두양을 공격했을 때와 달리, 살기를 누를 필요가 전혀 없었기 때문에 당연히 도끼의 측면이 아니라 날을 사용했다.

그 결과 사내들 중에서 온전히 머리가 붙어 있는 자는 하나도 없었다.

공야무륵이 도끼를, 바로 두 날 도끼인 양인부를 허공에 휘둘러서 피를 털어 내고는 허리에 찔러 넣었다. 그리고 가볍게 손을 털며 앞서 바닥에 고꾸라진 두양의 옆구리를 걷어찼다.

"악!"

두양이 비명을 지르며 깨어났다.

공야무륵이 가볍게 걷어차긴 했으나, 가장 아픈 부위를 내공을 불어넣은 발길질로 찼던 것이다.

발작적으로 상체를 일으킨 두양이 주변을 두리번거리며 사태를 파악하고는 이내 창백해진 얼굴로 슬며시 다리를 모으며 무릎을 꿇었다.

설무백은 그 앞에 다가서서 물었다.

"내가 묻는 말에만 정확히 대답하면 죽지 않을 수 있다. 우선 은성장의 손가 도련님이 누군지 알기 쉽게 설명해 봐."

두양이 혼란스럽다는 눈치로 바라보다가 설무백의 미간이 살짝 일그러지자 서둘러 입을 열었다.

"은성장은 북쪽의 청전부(靑田府)에 자리한 손부자(孫夫子)의 장원이며, 손가 도련님은 손부자의 하나뿐인 자식인 손지량(孫智良)을 말하는 겁니다!"

"그럼 손지량이 빼돌리려고 하는 물건은?"

"그, 그건, 그러니까……!"

"그냥 죽을래?"

"처, 처, 천마의 보물입니다!"

관심을 가지고 두양의 말을 집중해서 듣고 있던 설무백은 적잖게 허망해져서 절로 한숨을 내쉬었다.

"또?"

두양이 어리둥절한 표정으로 눈을 끔뻑였다.

"예……?"

설무백은 손을 내저으며 말했다.

"아니, 네게 하는 말은 아니고. 아무튼, 천마의 어떤 보물이라는 건데?"

두양이 곤혹스럽다는 표정으로 대답했다.

"그, 그게 잘은 모릅니다. 그저 손부자가 천마의 보물을 얻었다는 소문이 났고, 그로 인해 엊그제 다수의 무림인들의 습격을 받은 은성장이 불바다로 변했는데, 손부자가 손지량을 통해서 그 물건을 빼돌렸다는 얘기만 듣고 나선 길이라……!"

"손지량이 이 길을 지난다는 건 어떻게 안 거지?"

"그건 정보 상인을 통해서……!"

"어디? 홍인계?"

"아닙니다. 황서계(黃書契)의 계원을 통했습니다!"

고개를 저으며 대답을 하는 두양이 이상하다는 눈치로 설무백을 바라봤다.

'아참, 여긴 강남이지.'

강호 무림에는 어디에나 크고 작은 정보 거래상들의 결사(結社)가 존재하고 있으나 보편적으로 강북은 홍인계가 강남은 황서계가 대표적이었다.

그러니 강남에서 홍인계를 언급하는 그가 두양의 눈에는 이상하게 보일 만도 했다.

"그 정보료가 얼마였지?"

"은자 오십 냥을 지불했습니다."

설무백은 내심 고소를 금치 못했다.

은자 오십 냥이 결코 적은 돈은 아니지만, 전설이 말하는 보물의 위치를 알려 주는 대가로는 터무니없이 약소한 가격이었다.

결국 이건 이미 아는 사람은 다 알고 있다고 봐야 하며, 더 나아가서는 누군가 고의로 정보를 풀었을 가능성이 매우 높았다.

"그래 됐다. 알았으니, 그만 가라."

"예?"

"그냥 가기 싫어?"

"아, 아닙니다! 갑니다, 가!"

두양이 허겁지겁 자리를 떠났다.

살아서 돌아간다는 것이 믿기지 않는지, 그는 연신 뒤를 확인하느라 서너 번은 더 자빠지고 일어나기를 반복하면서 사라졌다.

"설마 또 나를 손가 도련님으로 오해하는 자는 없겠지?"

설무백은 쓰게 입맛을 다시는 것으로 두양과의 만남을 털어버리며 발길을 재촉했다.

벌써 해가 서산 쪽으로 기울고 있었다.

산중의 하루는 짧아서 오늘 중으로 대양산을 넘으려면 서두르는 것이 좋았다.

그런데 설마가 아니었다.

설무백을 은성장의 손지량으로 오해하는 무리가 다시 또 나타났다.

대양산의 기슭이었다.

일단의 무리가 산길을 막아섰고, 거대한 대감도를 보란 듯이 어깨에 걸친 장한 하나가 앞으로 나서며 그것을 드러냈다.

"손지량, 이 어리석은 놈아! 네가 정녕 그 물건을 들고 절 강성을 벗어날 수 있으리라고 생각하느냐?"

설무백은 절로 한숨을 내쉬며 툴툴거렸다.

"이쯤 되면 정보를 판 작자를 의심해야 하는 거 아닌가 모르겠네."

그때 암중에서 뒤를 따르던 반천오객이 그에게 들으라는 듯 소곤거렸다.

"그보다 이 길을 알려 준 놈이 더 의심스럽지 않나?"

"맞아, 회계산으로 가는 길이 대여섯 개나 된다고 했는데, 그놈이 가장 빠르고 안전한 길이 여기라고 했지."

"그러고 보니 그놈 인상착의가 어딘지 모르게 태상호법과 닮지 않았나? 하나 거느린 수하인지 종복인지도 공야 저 녀석과 닮았고. 이거 나만 그렇게 생각하는 건가?"

"아니, 나도 이하동문이다. 돌이켜 보니 그놈 그거 너무 친절했어. 그 나이에 그러기가 쉽지 않은데 말이지. 그놈이 손지량이라는 데 내 손모가지와 전 재산을 건다."

"아나, 정말 손모가지가 객지 나와서 고생한다, 니미……!"

설무백은 짐짓 미간을 찌푸렸다.

반천오객의 말을 듣고 있자니, 어디 하나 틀린 구석이 전혀 없었다.

그게 길을 막은 상대, 장한을 향한 감정은 전혀 아니었는데, 장한이 오해하며 으르렁거렸다.

"어쭈? 뭐냐 그 더러운 인상? 지금 내 말이 말 같지 않아서 고깝다는 거냐?"

설무백은 대꾸조차 귀찮아서 공야무륵을 향해 고개를 끄덕였다. 공야무륵이 진작에 '죽일까요?'라고 묻기 직전의 표정으로 나서며 그를 쳐다보고 있었다.

쐐액-!

기꺼운 표정으로 변한 공야무륵이 바람으로 변해서 대감도의 장한과 그 졸개들로 보이는 사내들을 덮쳤다.

한 사람이 여러 사람을 덮친다는 것은 어울리지 않는 표현이었으나, 공야무륵이 누런 이를 드러낸 채 대감도의 장한과 사내들을 향해 득달같이 달려들며 도끼를 휘두르는 모습에는 더할 나위 없이 잘 어울리는 설명이었다.

공야무륵의 손에 들린 도끼는 양인부 하나였는데, 그 하나인 양인부가 마치 그물처럼 수십 개의 환영을 일으키며 일거에 대감도의 장한과 그 일행인 사내들을 뒤덮어 버렸기 때문이다.

싸움은 그 한 번의 수법으로 끝났다.

파파박-!

뒤틀린 문풍지 사이로 터져 나오는 바람소리처럼 부드러우면서도 진득하게 느껴지는 소음이 연속해서 울렸다.

수십 개의 환영을 일으킨 공야무륵의 양인부가 대감도의 사내와 그 일행의 머리, 가슴, 배를 스치며 지나가는 소리였다.

시간이 잠시 끊어졌다가 다시 이어지는 것 같았다.

대감도의 사내와 그 일행의 신형이 그렇듯 뒤늦게 머리가 떨어지고 몸통이 갈라진 채 피를 뿌리는 모습으로 쓰러지고 넘어지며 바닥에 널브러졌다.

분명 잔인한 모습인데, 묘하게 잔인하다기보다 신기함이 앞서는 광경이었다.

공야무륵의 부법은 그렇듯 새로운 차원의 경지로 성장하고 있었다. 다만 설무백에게는 그런 공야무륵의 모습이 전혀 눈에 들어오지 않았다.

한참 다른 생각에 빠져 있던 그는 이내 생각을 정리하고 주섬주섬 양인부를 허리에 꽂아 넣는 공야무륵을 향해 불쑥 물었다.

"아까 그 친구가 회계산으로 가는 가장 먼 길이 어디라고 했지?"

흑포사신黑布死神 (8)

설무백 등이 대양산으로 들어서기 전에 마주한 지역은 은 성장이 있다는 북쪽의 청전부와 남쪽의 려수부(麗水府) 사이에 자리한 작은 도시인 진운부(縉雲府)였다.

본디 복건성의 북부로 곧장 올라와서 성 경계를 넘은 그들의 행보는 진운부를 통해 려수부로 이어진 관도를 타고 중도에 회계산으로 빠지는 길을 모색하는 것이었다.

그러나 그들의 계획은 진운부를 벗어나는 순간에 바뀌었다.

진운부를 벗어나다가 우연찮게 만난 어떤 일행의 조언으로 인해 대양산을 넘는 것이 회계산으로 가는 지름길이라는 사실을 알게 되었기 때문이다.

알고 보니 그게 속임수였다.

그리고 설무백 등이 우연찮게 만난 그 어떤 일행, 바로 이십대 초반으로 보이는 흑의사내와 작은 신장이지만 종처럼 건장한 체격을 가진 종복은 발길을 돌린 설무백의 예상대로 역시나 회계산으로 가는 대여섯 개의 길 중 가장 멀다는 려수부로 이어진 관도를 타고 있었다.

정확히는 려수부를 목전에 둔 상태였다.

설무백 등이 전력을 다해서 달려가 보니, 자욱한 먼지를 일으키며 빠르게 달려가는 사두마차 하나가 있었는데, 거기 어자석(御者席)에 앉은 사내가 바로 그들이 진운부를 벗어나면서 만났던 흑의사내의 종복이었다.

"이런 개 잡종……!"

공야무륵이 분노하며 시위를 떠난 화살같이 앞으로 튀어나가서 마차를 따라잡았다.

"어……?"

어자석에 앉아 말을 몰던 사내의 눈이 커졌다.

공야무륵을 알아본 건지, 그저 말보다 빨리 달려오는 사람에게 놀란 건지는 알 수 없었다.

공야무륵이 그사이에 마차를 따라잡았고, 마차를 끌던 네 마리 말 중 하나의 고삐를 잡아서 당겼다.

말들이 급격히 방향을 틀며 마차가 쓰러질 듯 옆으로 기울어졌다.

"워, 워……!"

어자석의 퉁퉁한 사내가 다급히 고삐를 당겨서 말들을 진정시키는 가운데, 공야무륵이 손을 내밀어 기울어지는 마차를 바로 세웠다.

사두마차가 대번에 정지했다.

공야무륵이 비호처럼 어자석으로 뛰어올라서 퉁퉁한 사내를 바닥에 내팽개쳤다.

어자석의 퉁퉁한 사내도 어느 정도 무공을 익힌 듯, 조금 반항했으나, 이미 초일류 고수의 반열로 들어선 공야무륵의 손 속을 막을 수는 없었다.

공야무륵은 다시 옆으로 내려와서 마차의 문을 사정없이 잡아당겼다.

마차의 문이 수수깡처럼 뜯어져서 날아갔다.

와작-!

문짝이 떨어져 나가고 드러난 마차의 안에는 사내 하나가 기겁한 모습으로 앉아 있었다.

역시나 사내는 진운부를 벗어나는 길목에서 설무백에게 지름길을 안내해 주던 그 흑의사내, 바로 손지량이었다.

"나와!"

공야무륵이 손지량의 멱살을 잡아서 그를 밖으로 당겼다.

"익!"

손지량이 본능처럼 두 손을 내밀어서 공야무륵의 손목을

잡고 비틀었다.

상당한 수련을 거친 금나법의 일 수였으나, 그 역시 공야무륵의 눈에는 우스운 수준이었다.

공야무륵은 자신의 손목을 잡고 비트는 손지량의 두 손을 하나씩 떼어 내서 한손에 움켜잡았다.

손지량이 솥에 들어가기 직전의 닭처럼 목과 두 손이 잡힌 채로 높이 들렸다.

공야무륵은 그대로 그의 신형을 가차 없이 바닥에 처박았다.

쿵-!

등부터 바닥에 처박힌 손지량이 그 강렬한 충격에 절로 입을 벌리며 전신을 떨었다.

공야무륵이 그 면상에 주먹을 내리꽂으려다가 그만두고는 조용히 뒤로 물러났다.

설무백이 나서서 그를 말렸던 것이다.

"왜 그랬나?"

애써 일어나 앉다가 설무백의 질문을 들은 손지량이 사납게 노려보며 반문했다.

"내가 뭘 어쨌다는 거냐?"

"날 왜 함정으로 몰아넣었는지 묻는 거다. 설마 그게 고의가 아니라고 말하고 싶냐?"

"흥!"

손지량이 코웃음을 치더니 적반하장으로 사납게 눈을 부라리며 항변했다.

"그게 고의건 아니건 뭐가 어때서? 너 역시 어차피 우리 가문을 약탈하던 놈들과 같은 무림의 족속이 아니더냐? 이유도 없이, 아니 자신들의 욕심만을 위해서 잔인무도하게 사람을 죽이며 희희낙락거리는 놈들이 고작 남에게 한 번 속았다고 이런 행패를 부리다니, 참으로 우습기 짝이 없구나!"

설무백은 실소했다.

"웃기는 놈이네, 이거?"

그는 재차 물었다.

"나도 당했으니 너도 당해 보라는 거냐? 내가 당한 일이니, 이제 누가 당해도, 아니, 네 손으로 남을 그렇게 해도 괜찮다고 생각하는 거야?"

"……!"

손지량이 선뜻 대답하지 못하고 어물어물했다.

설무백은 대답을 기다리지 않고 싸늘하게 다그쳤다.

"어느 쪽이든 그럼 이제 너도 같은 놈이잖아? 그렇지? 그런 놈이 대체 누굴 원망하고 욕하는 거냐?"

손지량이 발끈했다.

"나, 나는 원래 그러지 않았어! 네놈들이……!"

"내가 그놈들이냐?"

"어차피 너도……!"

"그래, 내가 무림인이라서 그놈들과 같은 거라면 이제 너도 그놈들과 같은 거다. 네 말마따나 이제 사람의 목숨을 하찮게 여기는 것은 너나 그들이나 같으니까. 안 그래?"

"나는……!"

"그래, 눈에는 눈, 이에는 이!"

설무백은 대수롭지 않게 손지량의 항변을 자르며 냉담하게 덧붙였다.

"나도 그거 아주 좋아한다. 그래서 지금도 널 가르치려고 훈계하는 것이 아니야. 그저 죽기 전에 왜 죽는 건지나 알라는 거지."

그리고 그는 돌아서며 말을 끝맺었다.

"이게 너도 아는 눈에는 눈, 이에는 이인 거다!"

어느새 꺼내 든 도끼, 양인부를 한 손에 늘어트린 공야무륵이 살기를 드러내며 손지량에게 다가갔다.

저 멀리 나가떨어졌던 어자석의 통통한 사내가 허겁지겁 달려와서 손지량을 등지며 공야무륵을 막아섰다.

공야무륵은 가볍게 손을 휘둘러서 앞을 막아선 통통한 사내를 저만치 날려 버렸다.

손지량이 다급히 소리쳤다.

"나, 나는 천마의 보물을 가지고 있다! 너도 그것 때문에 여기까지 나를 쫓아온 거 아니냐! 날 살려 주면 그걸 네게 주겠다!"

공야무륵이 슬며시 멈추며 설무백에게 시선을 주었다.

설무백은 쳐다보지도 않고 말했다.

"귀찮게 뭘 주고받고 그러나. 그냥 네가 죽으면 자연히 내가 가질 수 있는 건데."

공야무륵이 옳다는 듯 고개를 끄덕이며 다시 손지량을 향해 움직였다.

손지량이 거듭 소리쳤다.

"나도 머리가 있는 사람이다! 쫓기는 마당에 내가 지금 그걸 가지고 있겠나? 당연히 모처에 숨겨 두었다! 나만 알고 있는 장소다!"

공야무륵이 다시금 발걸음을 멈추고 대답을 묻는 눈초리로 설무백을 바라보았다.

설무백은 역시나 눈길도 주지 않고 말을 잘랐다.

"괜히 애쓰지 말고, 그냥 관둬라. 무슨 물건이든 인연은 따로 있다고 했으니, 네가 죽으면 인연이 닿는 사람이 알아서 챙겨 가겠지."

"내, 내 말을 믿지 않는 거냐? 이거 정말 사실이다! 나는 천마의 보물을 가지고 있고, 모처에 숨겨 두었다! 정말이야! 정말이다!"

"정말이고 자시고, 네가 아직도 잘 모르는 모양인데……."

설무백은 그제야 손지량에게 시선을 돌려 솔직한 심정을 말해 주었다.

"내가 굳이 널 여기까지 쫓아온 것은 그따위 천마의 보물 때문이 아니야. 그냥 너란 놈이 쓸 만한 종자인지 아닌지 보려던 것뿐이지. 근데 아니네? 나 지금 혹시나 해서 여기까지 온 거 마구 후회하는 중이다. 그러니 더는 귀찮게 하지 말고 그냥 좀 조용히 가라! 응?"

공야무륵이 이제야말로 특유의 지독한 살기를 드러내며 수중의 양인부를 높이 쳐들었다.

그때였다.

손지량이 울었다.

아니, 처음에는 울 것처럼 울먹울먹하다가 이내 목 놓아 울기 시작했다.

"흑흑……! 저기 도련님, 저 이제 더 이상은 못하겠어요. 흑흑……! 저 죽기 싫어요, 흑흑……!"

공야무륵이 동그랗게 변한 두 눈을 끔뻑이며 뒷머리를 긁었다.

설무백도 대체 이게 뭔가 싶어서 미간을 찌푸리며 손지량과 앞서 저만치 나가떨어졌다가 다시금 일어나서 곁으로 다가오고 있던 통통한 체형의 종복을 번갈아보았다.

울고 있는 손지량의 시선이 종복으로 보이는 통통한 사내에게 고정되어 있었기 때문이다.

"도……련님?"

종복으로 보이던 통통한 사내가 그제야 한숨을 내쉬며 사실을 토해 냈다.

"이런 바보! 조금만 더 버티지! 쟤가 정말 너를 죽일 것 같아? 뺑이야 뺑! 너를 굴복시키려고 공갈치는 거잖아! 세상에 똥 싫어하는 파리 봤냐? 천마의 보물을 마다하는 무림인이 세상천지 어디에 있다고 그리 졸아, 졸긴!"

울고 있는 손지량을 향해 툴툴거린 종복이 바닥에 털썩 주저앉으며 탄식했다.

"어휴, 사기를 치려고 해도 어디 손발이 맞아야 치지, 이거야 원…… 답답하다 정말!"

설무백은 한 방 맞은 표정으로 종복같이 보이던 사내와 손지량을 번갈아보았다.

"그러니까 네가 진짜 손지량이고, 네가 종복이었던 거냐?"

종복으로 보였으나 사실은 진짜 손지량인 사내가 더는 감출 것도 없다는 듯 대꾸했다.

"대충 그래. 여차하면 저놈을 방패막이로 삼고 튀려 했는데, 이젠 다 틀렸다, 젠장!"

진심으로 들리지 않았다.

이 말이 진심이었다면 앞서 공야무륵이 손지량의 종복으로 알고 패대기쳤을 때, 도주했어야 했다.

물론 그런다고 살아남을 가능성은 거의 없었지만, 그건 어디까지나 설무백 등의 능력을 알았을 때의 예상이고 그걸 전혀 모르는 그의 입장, 즉 지금 말하고 있는 진짜 손지량의 입장에선 마땅히 도주할 기회였다.

그러나 그는 그러지 않았고, 오히려 진짜 종복인 가짜 손지량을 보호하려 들었다.

그건 분명 본능적인 행동으로, 절대 가식으로 꾸밀 수 있는 것이 아니었다.

처음에는 종복을 화살바지로 쓰려는 마음을 가졌을 수는 있으나, 결국 타고난 천성이 그걸 거부한 것이다.

이것이 설무백이 순간적으로 내린 판단이었다.

그는 문득 궁금해져서 물었다.

"너를 쫓는 애들은 곱상한 저치를 은성장의 핏줄로, 즉 너로 보고 있었다. 왜 그런 수작을 부렸지?"

통통하고 투박하게 생긴 진짜 손지량이 히죽 웃으며 말했다.

"세상엔 공짜가 없지. 그래서 말인데, 그거 말해 줄 테니 우리 살려 줄래?"

설무백은 심드렁하게 되물었다.

"그냥 죽을래?"

손지량이 정색하며 재빨리 말했다.

"정보 상인이야 말 그대로 상인이고, 상인은 보다 더 큰 이득을 주는 고객의 편에 서게 마련이잖아. 때마침 내 모습을 아는 자들도 드물고 해서 돈 좀 썼다."

그는 히죽 웃는 낯으로 조금 전까지 자신 노릇을 하던 종복을 가리키며 덧붙였다.

"이렇게 생긴 애가 손지량이고, 모처로 숨기 위해 대양산을 넘어간다는 거짓말로 돈 좀 벌어 보라고 말이야."

설무백은 어이가 없었다.

"부모님이 누군지도 모를 괴한들에게 돌아가신 마당에 그런 머리를 굴렸다는 거냐?"

"절대 죽을 수는 없었으니까. 어떻게든 살아남아야 했으니까. 안 그러면 하찮은 내 복수를 누가 대신해 주겠나?"

당연하다는 듯이 대꾸한 손지량이 다시금 설무백의 예상을 벗어나는 행동을 보였다.

그는 문득 주섬주섬 품을 뒤지더니, 작은 금합 하나를 꺼내서 그에게 던졌다.

"그게 천마의 보물이란다. 어디서 났는지는 몰라도, 며칠 전, 외유를 다녀오신 아버님이 가져오셨고, 그로 인해 집안이 이리 풍비박산되었다."

만감이 교차하는 듯 씁쓸한 미소를 지은 그는 이내 긴 한숨과 함께 활짝 웃으며 다시 말했다.

"모처에 숨겨 놨다는 말을 믿어 줄 것 같지도 않고, 어차피 빼앗길 거 미리 줄 테니, 예쁘게 좀 봐주라. 가능하면 좀 살려 달라는 소리다."

설무백은 내심 고소를 금치 못했다.

물론 그는 진짜로 천마의 보물에 대해서 관심이 없었지만,

그에 앞서 가짜 손지량이 천마의 보물을 모처에 숨겨 두었다는 말도 전혀 믿지 않았다.

집안이 잿더미로 변하는 와중에 탈출한 자가 무슨 경황이 있어 수중의 물건을 다른 곳에 숨기고 도주할 것인가.

설령 그런 생각을 하고 있었다 해도, 도주하던 길목 어딘가에 숨겨 놓은 게 고작일 거라고 그는 내심 판단하고 있었다.

그런데 과연, 역시 그의 예상대로였다.

손지량은 천마의 보물을 품에 지니고 있었다.

다만 상대가 그걸 이렇게 솔직히 까발리며 건넬 줄은 정말 예상하지 못했지만 말이다.

설무백은 수중의 금합을 잠시 바라보다가 한순간 움켜쥐며 내력을 응집했다.

화륵―!

금합을 쥔 그의 왼손에서 불길이 일었다.

엄청난 내공에 기인한 고도의 삼매진화가 그가 손에 쥔 금합을 태우고 있었다.

설무백은 그 상태로 특유의 미온한 미소를 지으며 손지량의 말을 받았다.

"살려 주지. 대신 너, 내 밑에서 일해 보지 않을래?"

손지량은 기꺼이 설무백의 제안을 수락했다.

가문이 멸문지화를 당하고, 간신히 혼자 생존한 그의 입장에선 설무백의 제안이 어떤 의도를 내포하고 있을지라도 거절

할 이유가 없었다.

'뭐 이런 놈이 다 있지?' 나 '대체 무슨 생각을 하는 거지?' 따위의 당연한 상념은 저 멀리 내던져 버렸다.

복수를 해야 하고, 복수를 하려면 우선은 살아야 한다는 것이 그가 가진 최우선의 목표였다.

그리고 그를 잡으려는, 정확히는 그가 가진 천마의 보물을 뺏으려는 자들이 얼마나 많은지도 알 수 없는 작금의 상황에서 변변한 무공 하나 익히지 못한 그가 살아남을 수 있는 방법은 오직 하나, 쥐도 새도 모르게 홀로 숨어서 힘을 키우는 것뿐이었다.

그런데 설무백이 말한 제안은 백방으로 뛰어다녀도 쉽게 찾을 수 없는 그런 장소가 공짜로 생기는 것이었다.

마다할 이유가 어디에 있을 것인가.

"어디요? 난주에 있는 풍잔요? 좋아요! 지금 당장 떠나도록 하죠!"

손지량은 그 자리에서 자기 노릇을 하던 종복의 소매를 잡아끌며 난주를 향해 떠났다.

본디 공야무륵을 비롯한 혈영과 사도야 설무백이 무슨 결정을 내려도 수긍하고 따르는 사람들이니 별다른 반응을 보이지 않았으나, 요미와 반천오객은 그들이 사라지기 무섭게 모습을 드러내서 설무백을 빤히 쳐다보았다.

설무백은 머쓱하게 발길을 돌리며 변명처럼 말했다.

"내가 아는 누군가와 좋은 합을 이룰 것 같아서……."

누군가는 바로 제갈명이었다.

상대가 예상하기 어려울 정도로 뛰어난 기만술을 발휘하는 머리를 가지고 있으나 어딘지 모르게 조금 부족해 보인다는 측면에서 그들, 두 사람 손지량와 제갈명은 적잖게 흡사했다.

그런 두 사람을 붙여 놓으면 서로의 부족한 면을 보완해 주지 않을까.

그러나 설무백의 말을 제대로 알아들을 수 있는 사람은 공야무륵 등밖에 없었다.

무엇보다도 지금 설무백은 착각하고 있었다.

요미와 반천오객이 할 말이 많은 표정으로 그를 바라본 것은 손지량의 처우에 대한 문제가 아니었다.

천마의 보물 때문이었다.

설무백이 손지량에게 건네받은 천마의 보물을 태워 버린 것에 그들은 적잖게 충격을 받았을 정도로 전혀 이해할 수가 없었던 것이다.

요미가 물꼬를 텄다.

"할머니가 그랬어. 천마십삼보는 오랜 과거 극마지경(極魔之境)을 넘어서 초마지경(超魔之境)에 들어선 천마가 남긴 열세 가지 보물이고, 그중에 하나를 가진 자만 나타나도 천하가 혼란에 빠질 거라고. 그래서 없앤 거야?"

설무백은 대답을 망설였다.

어떻게 대답하는 것이 좋을지 선뜻 떠오르지 않아서였다.

반천오객이 그 순간을 놓치지 않고 그야말로 벌떼처럼 우르르 달려들었다.

"그럴 리가 있나?"

"있을 리가 없지."

"이하동문! 태상호법이 전에 그랬잖아. 천마의 보물은 죄다 가짜. 뻥이라고."

"뻥이든 아니든 확인도 안 하고 태워 버린 것은 정말 너무 심하긴 했어."

"뻥이 객지 나와서 고생……이 아니라, 대체 왜 그런 거지? 욕심을 떠나서 호기심도 없나?"

설무백은 냉담한 기색으로 반천오객을 돌아보았다.

"자꾸 이렇게 약속 깰 겁니까?"

반천오객이 놀란 메뚜기들처럼 삽시간에 사방으로 튀어서 사라졌다.

요미도 덩달아 같이 사라졌으나 이내 설무백의 어깨에 앉은 모습으로 다시 나타났다.

설무백은 이제 익숙해져서 별다른 거부감 없이 그저 발길을 재촉하며 앞서 그녀가 던진 질문에 대답했다.

"전에도 말했지만, 나는 천마십삼보니, 다라십삼경이니 하는 전설을 믿지 않아. 아니, 그보다는 그냥 신경 쓰지 않는다고 하는 게 맞겠지. 그 전설들이 사실이건 아니건 적어도 지금까지 한 번도 사실로 증명된 적이 없었으니까."

요미에게보다는 말 많고 참견하기 좋아하는 반천오객에게 다시금 전하는 말이었다.

그런 그의 의도와 무관하게 요미가 제법 심도 깊은 말을 했다.

"그래도 신경은 써야 하지 않나? 세상의 모든 일에는 어김없이 전조라는 것이 있다. 설령 그게 삼인성호(三人成虎)라도 분명한 이유가 있는 거다. 할머니가 해 준 말이야."

삼인성호란 세 명의 사람이 입을 맞추면 없는 호랑이도 만들어 낸다는 고사성어(故事成語)다.

제아무리 근거가 없는 말이라도 여러 사람이 말하면 곧이듣게 된다는 뜻인데, 지금 요미는 자꾸 등장하는 천마의 전설을 두고 누군가의 음모가 아닌지 의심하고 있는 것이었다.

설무백은 생각 밖으로 영특하게 핵심을 찌르는 요미에게 감탄하며 말했다.

"그래, 그 말도 옳다. 이제부터라도 신경 쓰도록 하지."

사실은 요미의 지적을 받기 전부터 그는 이미 내심 이번 일을 전처럼 쉽게 넘길 수 없었다.

삼인성호라는 식으로 누군가 나름의 이득을 취하기 위해 분위기를 조장하려고, 즉 누군가 목적을 가지고 무림의 혼란을 도모하려고 벌이는 수작이라고 생각해서가 아니었다.

어쩌면 천마의 전설인 천마십삼보가 정말로 나타난 것일지도 모른다는 생각이 들었기 때문이다.

그래서였다.

"일단 예까지 서둘러 오느라 다들 힘들었을 테니, 좀 쉬어 가도록 하지."

설무백은 인근 마을의 객잔을 찾아서 식사를 하고 여독을 풀기로 결정했다.

전에 없는 배려였으나, 워낙 그간 강행군을 한 까닭에 딱히 이상하게 생각하는 사람은 없었다.

설무백과 일행은 오랜만에 편한 식사를 하고 저마다 방으로 흩어졌다.

설무백은 그 순간부터 심각해졌다.

방으로 들어선 그는 침상에 가부좌를 틀고 앉으며 물었다.

"천마십삼보에 대해서 얼마나 알고 있지?"

암중의 혈영과 사도에게 던지는 질문이었다.

그들은 다른 사람들과 달리 객잔에 투숙하지 않고 식사도 따로 했으며 여전히 암중에서 그의 주변을 경계하고 있었다.

혈영이 언제나처럼 심드렁하게 대답했다.

"주군께서 아는 바 이상은 없습니다. 저와는 상관없는 물건이라고 생각해서 그쪽으로는 관심을 두지 않고 살았습니다."

"사도, 너는?"

"저도 그쪽으로는 별로…… 그간 하도 가짜들이 판을 치지 않았습니까. 하다못해 모해하는 도구로 사용되기도 했고요.

이젠 천마의 전설 자체가 누군가의 음모로 만들어진 가짜일지도 모른다는 생각까지 듭니다.”

그동안 그런 일이 종종 일어났었다.

누군가를 해치기 위해 누군가가 천마의 보물을 얻었다는 거짓 소문을 퍼트리는 자들이 있었다.

그리고 우습지도 않게 그 모해가 통해서 막대한 타격을 입거나 끝내 멸문한 가문이 적지 않았다.

조용히 그들의 말을 경청하던 설무백은 다시금 불쑥 물었다.

“만에 하나 천마십삼보가 실제로 나타난다면 어떻게 될까?”

혈영이 말했다.

“강호가 그야말로 뒤집어지겠지요.”

사도가 동의했다.

“지금처럼 이래저래 눈치만 보는 남북전쟁보다 더한 참사가 사방팔방에서 벌어질 겁니다.”

설무백은 묵묵히 고개를 끄덕이는 것으로 그들의 말에 동의했다. 정말 그럴 터였다.

“그렇겠지. 알았어. 이제 그만 가서 쉬어.”

암중의 혈영과 사도가 느닷없는 그의 축객령에 당황한 기색으로 대답했다.

“저희는 괜찮습니다.”

“오늘은 내가 싫어서 그래.”

"예?"

"내가 지금 뭐 좀 하려는데, 너희들에게 보여 주고 싶지 않다고. 내가 이렇게까지 설명해야 아냐?"

"아, 예! 죄송합니다! 그럼 저희들은 이만……!"

암중의 혈영과 사도가 그제야 서둘러 사라졌다.

설무백은 그들의 기척이 완전히 사라진 것을 느낀 다음에야 움켜쥐고 있던 왼쪽 주먹을 슬며시 내려다보았다.

애써 내색은 삼갔으나, 기실 그는 앞서 손지량이 건넨 금합을 삼매진화로 태운 이후부터 지금까지 내내 움켜쥐고 있던 그 주먹을 피지 않고 있었다.

금합이 타 버리는 순간에 무언가 강렬한 기운이 일어나는 것을 느꼈기 때문이다.

그는 그 순간부터 지금까지 내내 고도의 내공을 발휘해서 그 기운을 움켜쥐고 있었다.

'대체 이게 뭐라는 거지?'

설무백은 마음을 다잡고 만약의 사태에 대비해서 전신의 공력을 끌어 올리며 슬며시 주먹을 폈다.

그러나 긴장했던 것에 비해 아무 일도 일어나지 않았다.

그저 활짝 펴진 그의 왼쪽 손바닥 중심에 뜬금없이 먹물로 찍어 놓은 것처럼 짙은 타원형의 흔적 하나가 자리하고 있을 뿐이었다.

"뭐야, 이거?"

설무백은 허망하고 허탈해서 절로 헛웃음이 나왔다.

삼매진화로 금합을 태우는 순간에 일어난 그 기운으로 인해 내내 오만 가지 불길한 상상을 다했고, 방금 전까지도 못내 걱정스러워서 혈영과 사도를 내몬 자신의 태도가 민망하기 짝이 없었다.

누가 보고 있지 않음에도 불구하고 그의 얼굴이 새빨갛게 달아오를 정도였다.

그러다 그는 문득 깨달았다.

아무 일도 벌어지지 않긴 했으나, 그의 손에서 느껴지는 기운은 여전했다.

무언가 묵직하고 단단한 기운이 그의 손바닥에 놓여 있는 듯한 감각이었다.

그는 다시금 긴장해서 안색을 굳히며 손바닥을 이리저리 흔들어 보았다.

묵직하고 얼얼한 느낌이 들었다.

무거운 느낌은 아니고 마치 내 손이 아니라 다른 사람의 손처럼 느껴지는 이질감이었다.

그는 전에 없던 손바닥 중심의 검은 흔적이 거슬려서 손으로 문질러 보았다.

하지만 조금도 지워지지 않았다.

자문(刺文 : 문신)보다도 더 짙은 흔적이 문지르고 또 문질러도 반들반들 윤기만 더할 뿐이었다.

'좋아, 그럼 어디 한번······!'

설무백은 새삼 마음을 다잡으며 슬며시 내공을 움직였다.

내내 손목 부위를 차단하고 있던 본신의 진력을 서서히 손으로 움직여 보는 것이었다.

순간, 손이 화끈했다.

오랫동안 피를 통하지 못하게 손목을 누르고 있다가 갑자기 놓은 것과 흡사한 느낌이었다.

그다음에는 묘하게도 약간의 간지러움이 있었다.

손목에서부터 시작된 그 간지러움이 서서히 팔뚝을 타고 올라왔다.

마치 무언가 거머리 같은 것이 스멀스멀 기어 올라오는 감각이었다.

설무백은 본능처럼 내공을 발휘해서 팔뚝을 타고 올라오는 그 기운을 막고 다시 눌렀다.

화끈거림을 동반한 간지러움이 그의 내공에 눌려서 다시금 손목 아래로 내려갔다.

설무백은 이제야 지금 자신이 느끼는 것이 진기와 같은 기운임을 직감하며 체외로, 즉 손바닥 밖으로 밀어내기 위해서 전신의 내공을 끌어 올렸다.

그러나 정체를 알 수 없는 그 기운은 손 밖으로 밀려 나가지 않았다.

대신에 엄청난 고통을 그에게 안겨 주었다.

"크……!"

설무백은 절로 신음했다.

마치 손이 갈기갈기 찢겨져 나가는 것처럼 혹은 거대한 절구에 담겨서 뼈째 찧어지는 것처럼 절로 진절머리가 나는 고통이었다.

그리고 그 고통은 그가 정체 모를 기운을 몰아내기 위해 힘을 쓰면 쓸수록 더욱더 강렬해졌다.

정체 모를 기운을 몰아내려고 쓰는 그의 공력이 고스란히 그 자신에게 고통으로 전해지는 것 같았다.

결국 상황을 인지한 그는 정체 모를 기운을 내몰던 내공을 서서히 줄였다.

역시나 고통이 사라졌다.

설무백은 더 이상 정체 모를 기운을 밀어내려고 들지는 않았지만, 그렇다고 그 기운이 침습하는 것을 허락하지도 않는 상태로 균형을 이루었다.

잠시 평정을 되찾고 마음을 가다듬으며 보다 더 신중하게 다른 방도를 모색해 보려는 의도였다.

불현듯 이 기운이 어쩌면 엄청난 마기(魔氣)일지도 모른다는 생각이 그의 뇌리를 두렵게 장악했다.

그때 새로운 변화가 찾아왔다.

얼얼한 손의 감각이 사라지면서 찌릿찌릿한 느낌이 손목을 장악했다.

설무백은 느낌적인 느낌으로 인지할 수 있었다.

도대체 이게 무슨 기사 중의 기사인지는 모르겠으나, 손지량이 넘겨 준 금합에서 그의 손으로 침습한 기운이 그의 내공인 천기혼원공에게 손을 내밀어서 화해를 도모하고 있었다.

아니, 어쩌면 천기혼원공이 그의 몸으로 침습한 그 기운에게 손을 내미는 것 같기도 했다.

어느 것이 선이고 어느 것이 후인지는 모르는 그 상태에서 천기혼원공과 어쩌면 마기일지도 모르는 그 기운이 서서히 손을 잡으며 소통하기 시작했다.

설무백이 상황을 인식하고, 인정하자 천기혼원공이 자연스럽게 새로운 기운과 화친에 나선 것처럼 느껴졌다.

그러자 서서히 찌릿찌릿하던 느낌이 사라지고, 얼얼하던 손의 감각도 씻은 듯이 없어졌다.

설무백은 그 와중에 정확하게 거짓말처럼 아주 생생하게 느낄 수 있었다.

무언가 정체 모를 기운이 침습했던 그의 손은 분명 예전의 느낌으로 돌아갔으나, 마치 손톱과 손톱 속의 살처럼 손목에 선명한 경계가 그어졌다.

천기혼원공과 정체 모를 기운의 화친은 하나로의 화합이 아니라 그저 허락하고 인정받은 공생이었던 것이다.

설무백은 눈부신 속도로 빠르게 진행된 일련의 사태와 그로 인한 느낌에 신기해하며 이질감이 사라진 자신의 왼손을 유심히 살펴보았다.

본래의 모습 그대로였다.

검은 눈동자처럼 손바닥 중심을 차지한 타원형의 흔적도 말끔하게 사라졌고, 그 어떤 이질감도 느껴지지 않았다.

"혹시……?"

설무백은 혹시나 하는 마음으로 그 손, 좌수에 내력을 주입해 보았다.

혹시가 아니라 역시였다.

내력을 주입하는 순간, 사라졌던 검은 눈동자가 그의 손바닥 중심에 나타났다.

동시에 검은 눈동자에서 검은 기류가 서리더니, 이내 검은 물체가 솟아 나왔다.

검은 불꽃같이 이글거리는 마기를 토해 내는 묵빛의 칼날이었다.

설무백의 눈이 절로 커졌다.

"마검(魔劍)!"

⚜

"물건……? 있을 수 있지. 아니, 당연히 있을 거야. 천마의 전설은 천마가 남김 열세 가지 유품을 의미한다는 것이 통상적인 얘기고, 그래서 달리 천마십삼보라고 부르잖아. 말 그대로 유품이니, 단순히 천마의 무공만을 의미하는 것이 아니라 물건도, 바로 천마가 사용하던 마물도 포함되어 있다는 뜻으로 해석하는 것이 옳지. 물론 내가 아는 바도 그렇고."

"추상적인 얘기는 그만두고, 알고 있다는 그 얘기를 전부 다 제대로 들어 볼 수 있을까요?"

"……왜 이제 와서 그런 관심을 가지는 거지?"

"이제 와서 관심이 생겼으니까요."

"음…… 뭐 좋아. 돈이 드는 일도 아닌데, 어려울 것 없지. 아니, 언제고 생색낼 수 있는 건수 하나 잡은 셈이니, 오히려 좋은 건가? 흐흐흐……!"

묵면화상은 모두가 잠든 새벽에 느닷없이 불려 와서 생뚱맞은 질문을 받고 있음에도 불구하고 전혀 개의치 않는 모습이었다.

약간의 의혹도 그저 형식처럼 보일 정도로 그는 기다렸다는 듯 질문과 대답을 병행하며 자신이 알고 있는 천마의 전설에 대해서 세세하게 설명하기 시작했다.

"천마의 전설로 대변되는 천마십삼보의 기원은 사실 마교의 네 가지 마물이야. 천마검(天魔劍)과 천마령(天魔鈴), 천마환(天魔環), 천마경(天魔鏡)이 바로 그 네 개의 마물인데, 이른 바 마교의 사대호교지보(三大護敎之寶)라고 알려져 있지."

"……천마검에 대해서는 저도 들어 봤어요. 철저한 파괴와 살인을 추구한다는 천마의 검법을 펼칠 수 있다는 마검이

라죠?"

"그렇지. 소위 천마불사심공(天魔不死心功)이라 불리는 천마신공(天魔神功), 소림사의 금강부동신법(金剛不動身法)과 함께 수비와 공격을 동시에 하는 보법의 최고봉이라는 천마군림보(天魔君臨步)와 더불어 천마의 삼대마공 중의 하나인 아수라파천무(阿修羅破天舞)와 달리 마검파천황(魔劍破天荒)이라고 불리는 검법은 천마검이 없으면 절대 펼칠 수 없다고 하지."

"그럼 그처럼 어마어마한 천마검과 같이 마교의 사대호교지보에 속한 천마령과 천마환, 천마경은 대체 어떤 마물이라는 겁니까?"

"하여간 독특해."

"갑자기 뭔가요?"

"보통 이 대목에서는 다들 그보다는 네 개의 마물인 마교의 사대호교지보에서 유래한 천마의 전설이 어째서 열세 개인 천마십삼보로 바뀌었는지를 더 궁금해하거든."

"……편한 대로 설명해요."

"네 개가 열세 개로, 즉 마교의 사대호교지보가 천마십삼보로 바뀐 이유는 바로 천마경 때문이야."

천마경은 천마의 삼대무공을 포함한 마교의 십대마공이 기록되어 있다는 거울이었다.

그런데 과거, 군림천하하던 천마의 마교가 정도의 마지막 횃불이라던 천애유룡(天涯遊龍)이 이끄는 일천결사와 동귀어진 할 당시에 천마경이 열 조각으로 깨져서 사라졌다.

"즉, 천마검과 천마령, 천마환, 그리고 열 조각으로 깨져 버린 천마경이, 정확히는 거기에 기록된 열 개의 마공이 더해져서 천마십삼보라는 소리지."

"……?"

설무백은 잠시 이어질 말을 묵묵히 기다리다가 묵면화상이 끝내 침묵을 지키며 바라보자 말했다.

"결국 천마령과 천마환에 대해서는 설명하지 않겠다는 겁니까?"

"뭐, 대충 그렇지."

"왜요?"

"나도 잘 모르니까."

천마령과 천마환은 당시 끝내 죽어서 넋은 천지간에 소멸됐고, 육신은 만 갈래로 흩어져 버린 천마가 천마검과 더불어 몸에 지니고 있던 마물이라고 한다.

다만 그게 무엇이고 어떤 신기를 가진 마물인지는 오직 죽어 사라진 천마만이 알고 있을 뿐, 천하의 그 누구도 아는 바가 없다는 것이 묵면화상의 솔직한 대답이었다.

"대신 다른 건 하나 더 알고 있지. 아니, 안다기보다는 나름 유추한 건데, 아무튼, 우리 태상호법도 마교가 멸망한 이후 백여 년이 지난 시점에 잠시 등장해서 천하를 피바람에 잠기게 한 혈교의 난에 대해서 들어 본 적 있지?"

"당연히 들어 봤죠. 불과 수년 사이에 수만의 인명을 살상해서 마교보다도 더한 욕을 먹는 악종들이 아닙니까."

"그래, 그 악종들!"

묵면화상이 그의 말에 동의하고는 이내 의미심장한 미소를 지으며 덧붙였다.

"비록 일각의 의견이긴 하나, 당시 혈교주인 지옥혈제(地獄血帝) 파릉(波凌)의 무공이 바로 천마경에 기록되었던 마교의 십대마공 중 하나인 혈무사환공(血霧死幻功)이라는 얘기가 있지. 뭐 믿거나 말거나지만 말이야."

사실이라면 참으로 놀라운 일이었다.

고작 천마경에 기록된 하나의 마공이 난(難)으로까지 회자될 정도로 강호 무림을 피바다에 잠기게 했으니 말이다.

"여하튼……!"

묵면화상이 이제 해 줄 말은 다 해 주었다는 듯 허리를 펴고 턱을 들며 말했다.

"들을 만큼 다 들었으면 이제 그만 얘기해 주지? 대체 왜 이러는 건데?"

"일단 하나만 더 확인해 보고 나서요!"

설무백은 낮게 가라앉은 목소리로 대답하며 자리를 털고 일어났다.

그 자리에서 확인할 수 있는 일이 아니었던 것이다.

그는 즉시 동료들을 깨워서 객잔을 나섰고, 전에 없이 조급한 기색까지 내비치며 발길을 서둘러서 왔던 길을 거슬렀다.

바로 무이산의 운몽세가를 향해서였다.

그러나 발길을 서두르고 또 서둘러서 아흐레나 걸린 길을 닷새 만에 주파했으나, 아쉽게도 이미 늦었다.

불길한 감정은 언제나 들어맞는다는 강호의 속설이 이번에도 재현되었다.

운몽세가는 벌써 잿더미로 변해 있었다.

설무백의 굳은 안색에 기인한 듯 서둘러 영내외의 정황을 살피고 돌아온 공야무륵과 혈영, 사도가 보고했다.

"영내에 생존자는 없습니다."

"영내를 벗어난 지역에는 죽은 시체가 없는 것으로 봐서 도주하는 자는 쫓지 않은 것 같습니다."

"불특정 다수가 아니라 정예로 꾸려진 일개 조직의 짓입니다. 다만 주검을 거의 다 건물과 함께 불태워서 이렇다 할 특징이나 흔적은 찾을 수 없습니다."

설무백은 그들의 손이 비어 있음을 확인하며 물었다.

"운몽지학과 운몽자선의 주검은 찾지 못한 건가?"

공야무륵이 대답했다.

"말씀드렸다시피 타서 죽은 거든, 죽고 나서 태운 거든 대부분이 형체를 알아볼 수 없습니다. 그 속에서 그들의 주검을 찾기란 불가능합니다."

설무백이 묵묵히 고개를 끄덕이는 것으로 수긍하자 사도가 나서며 물었다.

"추적할까요? 워낙 깔끔하게 처리해서 시간은 좀 걸릴 테지만, 추적이 불가능하지는 않습니다."

설무백은 고개를 저으며 돌아섰다.

"아니, 그럴 필요 없어. 뒷북이나 치자고 시간을 낭비할 수는 없으니까."

보기에 따라서 냉정할 수도 있는 행동이었지만, 그로서는 어쩔 수 없는 선택이었다.

그가 가진 전생의 기억에 따르면 지금으로부터 이십 년도 더 지나도록 나타지 않았던 천마십삼보가 나타난 것이다.

과연 전생의 그가 모르고 있었던 것일까, 아니면 새로운 역사인 것일까?

이유야 어쨌든, 이건 그가 모르는 역사였다.

이번 사건이 어떤 식으로 봉합될지, 아니, 제대로 봉합이 될 수나 있을지는 모르겠으나, 지금으로서는 그저 자신이 계획한 행보를 서두르는 수밖에 없었다.

여기 운몽세가의 멸문에서 전생의 그가 알고 있던 그들, 암천의 냄새가 짙게 풍겼기 때문이었다.

'변수가 많을 거라는 점은 익히 예상하고 있었으니, 그리 놀랄 일도 아니다! 나라는 존재 자체가 이 세상의 변수니까!'

설무백이 마음을 다잡고 잿더미로 변한 운몽세가를 등지고 돌아설 때였다.

의외의 목소리가 들려왔다.

"설마 주군의 짓은 아니죠?"

대력귀였다.

대력귀처럼 의외의 상황에 놀라서 어리둥절해하는 사람이 여기도 있었다.

북련 포교원의 제이단주인 금산판 서상이었다.

"뭐, 뭐라고요?"

서상은 자신의 귀를 의심하며 다시 물었으나, 잘못 들은 것이 아니었다.

염소수염을 기른 대도회의 총관, 장금산(張禁山)에게서 돌아온 대답은 한결 같았다.

"회주께서는 수련 중이시니 잠시 기다려 달라고 했소. 뭐, 따로 전할 말이라도 있는 거요?"

서상은 새삼 놀라고 당황했다.

분명하게 자신의 신분을 밝히고 자리를 청했는데, 돌아온 대답이 수련 중이니 기다리란다.

이건 정말 예상치 못한, 아니, 그 어디에서도 받아 본 적이 없는 대우였다.

'설마 내가 뭘 잘못 알고 있는 건가?'

아니다.

자랑은 아니나, 그는 동료 단주들 중에서도 매우 꼼꼼하고 치밀한 사람으로 통했다.

이번 일도 그렇게 처리했다.

오랜만에 전달된 제선대주 절정검 추여광의 지시인 까닭에 서두르긴 했으나, 이미 사전에 난주 무림에 대한 조사를 끝냈었고, 그래서 찾아온 대도회였다.

백사방으로 갈 수도 있었지만, 아무래도 그쪽의 뒤를 봐주는 유가협의 대곤채가 최근 채주가 바뀌는 등 어수선한 상황이라고 해서 대도회를 선택했다.

그런데 대체 이게 무슨 황당한 상황이란 말인가.

북련에 가입할 문파나 무사들을 선별하고 포섭 또는 회유하는 조직인 포교원의 단주라는 직책상, 그는 어디를 가도 칙사 대접을 받았다.

맹세코 이런 푸대접은 처음이었다.

하물며 지금 회주의 대답을 가져온 대도회의 총관 장금산의 태도도 영 눈에 거슬렸다.

아무리 봐도 대충대충, 건성건성, 그를 존중하는 태도가 전혀 아니었다.

마치 옆집 아무개가 놀러 왔다는 식으로 그를 대하고 있는 것 같았다.

'이 새끼를 그냥……!'

치밀한 사람답게 전후 사정을 살핀 서상은 울컥하다가 이내 애써 분을 참고 눌렀다.

괜한 사단을 일으켜서는 곤란했다.

최대한 비밀리에 처리해야 한다는 것이 추여광의 지시를 전달해 준 사공척의 당부였다.

서상은 일단 화를 참았다. 그리고 기다려 주는 것으로 결정하고, 그보다 더 격노해서 당장이라도 칼을 뽑을 듯한 기색인 두 향주를 눈짓으로 말리며 말했다.

"알겠소. 그래 얼마나 기다리려면 되겠소?"

장금산이 대답했다.

"하루 네 시진 수련인데, 대략 세 시진가량 지났으나 한 시진만 더 기다리면 될 겁니다."

서상은 어디까지나 시큰둥한 장금산의 태도가 새삼 눈에 거슬렸으나 이번에는 그에 앞서 하루 네 시진 수련이라는 말에 놀라서 절로 눈을 끔뻑거렸다.

네 시진이면 한나절을 넘기는 시간이었다.

기존의 문파는 말할 것도 없고, 제아무리 엄한 무관의 수련생도 반나절의 수련조차 과한 편인데, 일개 문파의 수장인 작자가 하루에 네 시진의 수련을 한다는 것은 참으로 놀라운 일이 아닐 수 없었다.

'지역 분쟁으로 전대 회주가 죽는 바람에 졸지에 회주가 된 자라고 하더니, 무력이 딸려서 자리가 위태위태한 건가?'

서상이 사전에 인맥을 동원해서 알아본 바에 따르면 작금의 대도회주인 팔비수 양의는 얼마 전 전대 회주인 거령도 맹사진이 지역 분쟁에 휘말려서 죽는 바람에 얼떨결에 대도회주가 된 인물이었다.

　기실 이는 사실과 달랐으나, 적어도 그가 사전에 구한 정보는 그랬고, 실제로 대외적으로는 그렇게 알려져 있었다.

　이는 북개방이 난주 무림에 대한 정보를 북련의 모두와 공유하지 않아서 벌어진 일이며, 또한 이는 북련의 총사인 희여산의 입김이 작용한 상황이었다.

　따라서 서상의 입장에서는 어떤 식으로든 오해를 할 수밖에 없는 상황이었는데, 그 역시 그게 사실이 아님을 이내 깨닫게 되었다.

　정확히는 한 시진 뒤였다.

　수련을 끝내고 돌아온 팔비수 양의를 마주하자 서상은 절로 이건 무언가 아니다 싶었다.

　팔비수 양의의 기도가 그의 상상을 초월했기 때문이었다.

　"이거 정말 미안하게 됐소. 본의 아니게 사정이 여의치 않아서 그런 것이니 너그럽게 이해해 주시오."

　물에 빠졌다가 나온 것처럼 땀에 흠뻑 젖은 모습으로 나타난 팔비수 양의는 작은 신장에 배불뚝이 뚱보임에도 어깨가 종처럼 넓어서 작게도, 뚱뚱하게도 느껴지지 않았다.

　대신에 바위처럼 매우 단단하다는 느낌을 받았는데, 거기다 부리부리한 고리눈에 담긴 묵직한 기세가 더해지자 흔히 볼 수 없는, 아니, 적어도 서상의 입장에선 자주 접해 본 흑도 고수의 풍모가 느껴졌다.

'일개 난주의 흑도 나부랭이가 어찌 이 정도라는 거지?'

서상은 예상과 다른 양의의 기도에 절로 당황하고 긴장해서 선뜻 입이 떨어지지 않았다.

그가 양의보다 못해서도 아니고, 늘 양의보다 못한 자들만 만나서도 아니었다.

맡은 바 임무로 인해 그는 늘 자신보다 강한 자들을 만나는 경우가 적지 않았다.

다만 지금 그는 말 그대로 예상과 다른 양의의 기도에 놀라는 것이었다.

양의의 무공이 모종의 수련을 통해서 몰라볼 정도로 비약했다는 사실을 서상은 몰랐기에 더욱 그랬다.

물론 놀람의 시간은 그리 길지 않았다.

서상은 누가 뭐래도 강북 무림의 연합인 북련의 단주였고, 상대 양의는 비록 흑도방파의 수장이긴 해도 중원의 변방인 난주에서 노는 흑도에 불과했다.

어떻게 생각해도 그가 꿀리거나 약하게 나갈 이유는 전혀 없었다.

그는 대번에 마음을 다잡으며 불쾌한 기색을 드러냈다.

"설마 했는데, 정말 한 시진을 채우다니 정말 놀랍소. 정말 궁금해서 그러는데, 본의 아니게 여의치 않은 사정이라는 건 대체 어떤 사정이라는 거요?"

노골적으로 시비를 거는 줄 알면서도, 양의는 넉넉한 미소를 보이며 대답했다.

"그게 제 사부님이 워낙 고지식한 분이라 오셨다는 얘기를 전해 듣고도 시간을 뺄 수가 없었소. 거듭 사과드릴 테니 그만 진노를 푸시구려."

서상은 기분이 묘했다.

양의가 넉넉하게 웃으며 사과하자 화를 내는 자신이 너무 작고 초라하게 느껴졌다.

게다가 사부라니?

'양의에게 사부가 있었나?'

그때 밖에서 인기척이 들리며 문이 열리더니, 일단의 사내들이 우르르 안으로 들어왔다.

"양 가야, 우리 왔다."

"별일 없지? 지나가는 길에 잠깐 인사나 하려고…… 어라? 손님이 있었네?"

양의가 멋쩍게 웃으며 손을 흔들었다.

"어, 미안. 멀리서 오신 손님이니 잠시만 밖에서 기다려 줘. 금방 처리할 테니, 술 한잔하자고."

서상과 양의가 마주한 객청으로 들어선 사내는 얼추 십여 명이었다.

그들, 모두가 양의의 말에 눈치껏 손 인사를 하며 서둘러 밖으로 나갔다.

서상은 졸지에 한 방 맞은 표정으로 굳어졌다.

그럴 수밖에 없었다.

그가 아는 양의는 엄연히 난주의 삼대 흑도 중 하나인 대도회의 회주였다.

그런데 난데없이 들이닥친 십여 명의 사내들이 대도회주인 양의를 마치 어디 동네 친구처럼 부르며 격의 없이 대했다.

처음에는 혹시나 녹림십팔채의 하나인 폭호채의 홍호자들인가 했는데, 아니었다.

그가 양의와 평대할 수 있는 폭호채의 홍호자을 모른다는 것은 말이 안 되고, 역으로 그런 자들이 그를 모른다는 것도 있을 수 없는 일이었다.

'그럼 대체 저들은 누구라는 거지?'

서상은 엉킨 실타래처럼 머리가 복잡해져서 차라리 멍했다.

사실, 방금 들이닥친 사내들은 성 밖 순찰을 끝내고 풍잔으로 돌아가던 광풍대의 대원들이었고, 양의는 이미 오래전부터 그들, 광풍대의 대원들과 격의 없이 호형호제하는 사이였다.

그와 같은 사정을 꿈에도 모르는 서상의 입장에서 이건 정말 이해할 수 없는 상황이었다.

"……한데, 무슨 일로 찾아온 것인지……?"

양의가 물었다.

그러나 깊고 복잡한 상념에 빠진 서상의 귀에는 그의 질문이 제대로 들리지 않았다.

넋이 빠져나간 사람처럼 정신이 멍해져 버린 그와 그의 수하들은 대답은커녕 한동안 정신을 차리지 못한 채 그저 눈만 끔뻑거리고 있었다.

다음 권으로 이어집니다

천하제일의
주인